LES QUATRE JOURS
DU PAUVRE HOMME

OUVRAGES DE GEORGES SIMENON

AUX PRESSES DE LA CITÉ

COLLECTION MAIGRET

Mon ami Maigret
Maigret chez le coroner
Maigret et la vieille dame
L'amie de Mme Maigret
Maigret et les petits cochons sans queue
Un Noël de Maigret
Maigret au « Picratt's »
Maigret en meublé
Maigret, Lognon et les gangsters
Le revolver de Maigret
Maigret et l'homme du banc
Maigret a peur
Maigret se trompe
Maigret à l'école
Maigret et la jeune morte
Maigret chez le ministre
Maigret et le corps sans tête
Maigret tend un piège
Un échec de Maigret

Maigret s'amuse
Maigret à New York
La pipe de Maigret et Maigret se fâche
Maigret et l'inspecteur Malgracieux
Maigret et son mort
Les vacances de Maigret
Les Mémoires de Maigret
Maigret et la Grande Perche
La première enquête de Maigret
Maigret voyage
Les scrupules de Maigret
Maigret et les témoins récalcitrants
Maigret aux Assises
Une confidence de Maigret
Maigret et les vieillards
Maigret et le voleur paresseux

Maigret et les braves gens
Maigret et le client du samedi
Maigret et le clochard
La colère de Maigret
Maigret et le fantôme
Maigret se défend
La patience de Maigret
Maigret et l'affaire Nahour
Le voleur de Maigret
Maigret à Vichy
Maigret hésite
L'ami d'enfance de Maigret
Maigret et le tueur
Maigret et le marchand de vin
La folle de Maigret
Maigret et l'homme tout seul
Maigret et l'indicateur
Maigret et Monsieur Charles
Les enquêtes du commissaire Maigret (2 volumes)

ROMANS

Je me souviens
Trois chambres à Manhattan
Au bout du rouleau
Lettre à mon juge
Pedigree
La neige était sale
Le fond de la bouteille
Le destin des Malou
Les fantômes du chapelier
La jument perdue
Les quatre jours du pauvre homme
Un nouveau dans la ville
L'enterrement de Monsieur Bouvet
Les volets verts
Tante Jeanne
Le temps d'Anaïs
Une vie comme neuve
Marie qui louche
La mort de Belle
La fenêtre des Rouet
Le petit homme d'Arkhangelsk

La fuite de Monsieur Monde
Le passager clandestin
Les frères Rico
Antoine et Julie
L'escalier de fer
Feux rouges
Crime impuni
L'horloger d'Everton
Le grand Bob
Les témoins
La boule noire
Les complices
En cas de malheur
Le fils
Le nègre
Strip-tease
Le président
Dimanche
La vieille
Le passage de la ligne
Le veuf
L'ours en peluche
Betty
Le train

La porte
Les autres
Les anneaux de Bicêtre
La rue aux trois poussins
La chambre bleue
L'homme au petit chien
Le petit saint
Le train de Venise
Le confessionnal
La mort d'Auguste
Le chat
Le déménagement
La main
La prison
Il y a encore des noisetiers
Novembre
Quand j'étais vieux
Le riche homme
La disparition d'Odile
La cage de verre
Les innocents

MÉMOIRES

Lettre à ma mère
Un homme comme un autre

Des traces de pas
Les petits hommes

Vent du nord vent du sud
Un banc au soleil

Georges SIMENON

LES QUATRE JOURS
DU PAUVRE HOMME

PRESSES DE LA CITÉ
PARIS

© *by Georges Simenon,* 1949.

ISBN 2-258-00237-0

PREMIERE PARTIE

LES DEUX JOURS
DE LA RUE DELAMBRE

1

Son regard errant quelque part sur le blanc des murs et du plafond, elle questionnait d'une voix sans accent, comme un récitatif :

— M. Maghin est toujours content de ton travail?

Il ne s'y attendait pas. Plus exactement la voix mettait un certain temps à l'atteindre, parce qu'il était déjà dans son brouillard. Cependant, tant qu'il était près d'elle, à l'hôpital, il restait sur ses gardes. Juste un instant de flottement, un froncement imperceptible des sourcils, et il avait reconnu un de ses pièges.

— M. Maghin n'a pas pu me dire s'il est content ou non, puisqu'il n'est pas à Paris.

Cela n'avait aucune importance. C'était la routine. Au moment de rendre le dernier soupir, elle essayerait encore de le faire se couper.

— Excuse-moi, François, j'avais oublié qu'il est parti pour la Côte d'Azur.

Ce n'était pas vrai. Elle n'oubliait rien, jamais, surtout ici à l'hôpital. Peut-être lui était-il arrivé, à elle aussi, jadis, de passer par la rue de la Glacière et, dans un renfoncement sur la façade d'une maison au rez-de-chaussée, en contrebas, de lire le nom d'Oscar Maghin, rempailleur de chaises.

Ce nom-là lui était venu à l'esprit quand elle lui avait demandé s'il avait trouvé une place. Il ne mentait jamais tout à fait. Il y avait toujours au moins un détail vrai. Et il choisissait volontiers les noms rares, qui lui semblaient plus convaincants.

Elle savait, c'était probable, mais elle ne dirait rien, à son habitude, pendant des semaines, des mois, des années, et cela sortirait alors avec le reste dans une crise de larmes.

Ou plutôt, au point où elle en était, il y avait des chances que cela ne sortît jamais.

Il attendait le timbre électrique qui annonçait la fin des visites. Comme Germaine occupait le premier lit près de la porte et que celle-ci restait ouverte, il pouvait, en se penchant, apercevoir l'horloge au fond du couloir. Elle marquait 19 h 53.

C'était la chambre 15, une chambre à six lits. Le lit le plus proche du mur, dans lequel il y avait quelqu'un le dimanche précédent, était vide.

Quand il était entré, Germaine avait regardé ce lit-là d'une certaine façon, et il avait compris. C'était arrivé souvent.

Elle lui avait fait signe de se pencher pour lui murmurer à l'oreille :

— Tu devrais parler un peu à Mlle Trudel. On ne vient jamais la voir. Elle est si gentille avec moi ! La prochaine fois, essaie de lui apporter un petit quelque chose, des oranges ou des bonbons.

Un couple en deuil était installé de part et

d'autre du troisième lit, tenant les deux mains d'une malade incapable de parler.

— Ne t'inquiète pas, François. Je n'ai pas peur, tu sais! Demande à Mlle Trudel! Quand on en est à sa septième opération en un an! Tu verras! Tout ira bien. Demain, à 10 heures, on viendra me chercher et, avant midi, je serai de retour ici. Il n'y a presque rien à enlever.

La voix lui parvenait à travers son brouillard. Tout cela faisait partie des rites.

— La femme de ménage vous soigne bien tous les deux, au moins?

Elle ne croyait pas à la femme de ménage non plus. Peut-être était-ce surtout pour Mlle Trudel qu'elle parlait. Ou simplement parce que, comme lui, elle attendait que l'heure sonnât.

Ils vivaient dans des univers différents. Néanmoins, en onze mois, il n'avait pas manqué une visite, seul le jeudi soir, avec son fils le dimanche après-midi — et la visite du dimanche durait deux heures.

Il y avait des risques qu'elle ne résistât pas à cette opération-ci. Au début, on avait plus ou moins expliqué à François de quoi il s'agissait et il avait horreur d'entendre énumérer les organes qu'on allait lui enlever. Maintenant, on ne se donnait plus cette peine-là. C'était devenu trop compliqué. On devait considérer qu'elle appartenait définitivement à l'hôpital. Peut-être leur servait-elle à des expériences?

Si elle devait mourir, il valait mieux que cela se passât pendant qu'elle serait sous l'anesthésie.

— Tu n'auras qu'à téléphoner vers midi pour demander des nouvelles à l'infirmière-chef.

— Je viendrai.

— A quoi bon, François? Il y a trop peu de temps que tu es chez M. Maghin pour t'absenter.

Il serait là quand même, dans le premier hall,

près du guichet, comme chaque fois qu'on l'avait opérée.

— Embrasse bien fort Bob pour moi.

— Oui.

— Sois prudent en traversant les rues. Tu as toujours été distrait. Si vous saviez comme il est distrait, mademoiselle Trudel!

Ce fut à peu près tout pour ce soir-là. Il finissait par osciller sur ses jambes, car il restait toujours debout, dans une pose qui rappelait celle qu'il prenait jadis à l'église, ses deux mains tenant son chapeau devant lui. Elle lui répétait chaque fois :

— Pourquoi ne poses-tu pas ton chapeau au pied du lit?

Il ne le faisait pas parce qu'on lui avait dit un jour que cela porte malheur. Il n'était pas superstitieux. C'était machinal.

Le premier coup de la sonnerie résonna dans les couloirs, ce qui signifiait que les visiteurs avaient encore droit à cinq minutes. Germaine le pressait de partir.

— Va, François. Les infirmières n'aiment pas qu'on attende le dernier moment.

Ils étaient soulagés l'un et l'autre. Il fallait encore qu'il fît attention, en se penchant pour l'embrasser au front, qu'elle ne sentît pas son haleine.

Il lui avait juré qu'il ne touchait plus à un verre d'alcool. A quoi bon, puisqu'elle ne le croyait quand même pas?

— Courage, François!

Il pensait à saluer Mlle Trudel d'un sourire.

Puis, une fois dans le couloir, il prenait soin de marcher lentement, pour ne pas avoir l'air d'être délivré d'une corvée. L'odeur ne le gênait plus, ni toutes ces femmes malades, dans toutes ces salles, dans tous ces lits.

Dès ce moment-là, chaque fois, il se demandait

si la porte du 27 serait déjà fermée. C'était une question de chance. Il savait à quel endroit du couloir marcher pour se trouver dans le meilleur angle.

Le 27 était une chambre privée, toujours pleine de fleurs fraîches, où on avait mis un abat-jour rose sur la lampe. Quand la porte était fermée, il le savait dès le détour du couloir, car alors les bouquets étaient rangés dehors, contre le mur.

En près d'un an, il avait vu beaucoup de femmes qui, à l'hôpital, ne s'embarrassent plus de pudeur. Mais celle du 27 n'était pas malade. Elle avait seulement une jambe dans le plâtre jusqu'au haut de la cuisse et, les premiers temps, cette jambe était tenue en l'air par une sorte de poulie.

C'était une jeune fille ou une très jeune femme, une blonde, à la peau très claire. Elle passait son temps à lire des magazines en fumant des cigarettes. Il avait rarement entrevu son visage, presque toujours caché par le magazine.

Elle avait pris l'habitude de rejeter la couverture et de replier sa jambe non blessée, de sorte que, d'un certain endroit du corridor, il pouvait découvrir les ombres intimes et moites du sexe.

Il le vit ce jour-là, et il rougit, car une infirmière qui venait en sens inverse suivit la direction de son regard.

C'était ensuite la sensation un peu déroutante de se retrouver dehors alors que la nuit n'avait pas encore envahi les rues. Du soleil traînait sur les vitres des étages supérieurs. A hauteur d'homme, l'air était bleuté, avec seulement une demi-transparence.

Il entrait chez le marchand de vin, en face de l'hôpital, un marchand de vin auvergnat qui vendait du bois à brûler et du charbon.

— Un marc!

Il y avait longtemps qu'il ne se dégoûtait plus, qu'il ne se jugeait plus, qu'il n'était plus malheureux. Il vidait son verre d'un trait, avec un haut-le-cœur, car l'alcool était raide. Avant, il prenait du cognac, mais il avait remarqué que le marc allait plus vite et revenait par conséquent moins cher.

Le patron ne lâchait pas la bouteille et remplissait une seconde fois le verre tandis que Lecoin cherchait la monnaie dans sa poche.

Cela demandait une mise au point plus délicate qu'on n'aurait pu le croire, comparable à la mise au point d'un appareil photographique. Il avait fait beaucoup de photographie, jadis, quand Bob était bébé. Moins pour sa fille : la question d'argent compliquait les choses.

Le matin, il se contentait de deux verres, le premier tout de suite en sortant de chez lui, dès qu'il avait tourné le coin de la rue Delambre et de la rue de la Gaîté. C'était urgent, car, à ce moment-là, il se sentait vide, comme pris de vertige, avec l'envie que tout fût fini une bonne fois.

Il marchait dans les rues. Il marchait beaucoup. Il n'avait jamais tant marché que depuis qu'il était chômeur. Il parcourait le même chemin, à peu de variantes près, avec les mêmes arrêts. A 13 h 30, il prenait sa place dans la queue, en face du journal, pour être un des premiers à lire les offres d'emploi.

C'était devenu une tradition plutôt qu'autre chose. Il ne se précipitait plus, car il savait.

Il y avait douze ans qu'il habitait le quartier de Montparnasse, neuf ans le même appartement de la rue Delambre. Il n'était pas né bien loin : rue de Sèvres, toujours sur la rive gauche.

Maintenant, il y avait des gens sur les seuils, des radios derrière les fenêtres ouvertes, parfois une lumière au fond d'une chambre, pas plus forte qu'un reflet de soleil.

Il ne tournait jamais à droite, du côté du cimetière et c'était encore une sorte de superstition. Il aimait, au contraire, se couler dans la foule de la rue de la Gaîté où les enseignes lumineuses brillaient déjà.

A un coin de rue, il y avait un petit bar, chez Popaul, et, près de la cabine téléphonique, un guéridon qu'il considérait presque comme lui appartenant.

Il s'y installait, le dos au mur peint en vert clair. Il commandait de loin :

— Un marc !

La foule, en face, s'engouffrait dans la grande gueule brillante d'un cinéma. Des gens, en marchant, suçaient des cornets de crème glacée. Comme le trottoir n'était pas large, il voyait de près les têtes des passagers des autobus.

Tout cela, depuis quelque temps, avait un goût de poussière, d'été et de sueur, car il faisait très chaud et, la nuit, les fenêtres de Paris restaient ouvertes — certains tiraient même un matelas sur leur balcon.

Elle n'était pas là. Il y en avait deux autres, la grosse blonde qu'il appelait à part lui l'Adjudant, et la petite bonne à peine émancipée qui se maquillait de travers.

C'était réglé comme un ballet. A travers la vitre où il lisait à l'envers, en lettres jaunes, le nom de Popaul, il les voyait marcher séparément sur le trottoir, à la rencontre l'une de l'autre.

Elles allaient lentement, en balançant leur sac à main à bout de bras; au moment où elles se croisaient, elles s'adressaient un petit signe, pas un sourire, le plus souvent une moue. La moue de la petite bonne voulait dire :

— Mes pauvres pieds !

Même avec des souliers neufs, elle se tordait les talons. Elle souriait à un passant, marquait un temps d'arrêt, haussait les épaules et repartait pour faire demi-tour à hauteur de la chemiserie pendant que l'Adjudant, à l'autre bout de la piste, restait un moment immobile dans l'obscurité de la rue transversale.

C'était dans cette rue-là qu'il y avait l'hôtel, avec sa faible lumière au-dessus de la porte et, à droite, le guichet du bureau qui sentait le linoléum.

Peut-être la troisième était-elle à l'hôtel avec un client? Il aimait l'imaginer avec un client, surtout imaginer le moment où elle relevait la jupe de son tailleur pour s'asseoir au bord du lit.

Il aimait bien aussi quand elle revenait, toujours calme, quand elle jetait un coup d'œil vers son coin avant de s'accouder au comptoir.

— Une menthe à l'eau, Popaul.

La bonniche était en conversation avec un homme au tournant de la petite rue.

— Un marc! commanda-t-il en frappant le marbre du guéridon avec une pièce de monnaie.

Il n'était pas ivre. Il n'allait jamais jusque-là. Il connaissait le point exact qu'il voulait atteindre, celui où son brouillard était juste assez épais pour lui permettre de déformer à sa guise gens et choses.

Or, tandis que son regard errait sur la vitre, au moment où il portait le verre à ses lèvres, il se figea, la gorge sèche. Un gamin était sur le trottoir, le visage collé à la devanture, et ce gamin était son fils qui frappait la glace de ses petites mains claires.

Il se leva, faillit sortir sans payer, revint au comptoir, et, au coin de la rue, là où les femmes et leurs clients se rejoignaient, Bob mit machinalement sa main dans la sienne.

— Il y a quelqu'un à la maison, annonça-t-il.

— Qui?

— Il n'a pas dit son nom. Il est arrivé il y a une demi-heure et m'a demandé si j'étais ton fils.

— Pourquoi ne m'as-tu pas attendu avec lui?

— Je ne sais pas. J'ai eu peur.

Il y avait une question autrement importante que François Lecoin avait une envie folle de poser et qu'il n'osait pas formuler.

Leur maison n'était qu'à deux cents mètres, mais jamais il n'était entré chez Popaul pendant la journée. Le soir, Bob était censé se coucher à 20 heures. Toujours, en rentrant, son père le trouvait dans son lit, faisant plus ou moins semblant de dormir alors qu'il se penchait pour l'embrasser.

— Bonsoir, fils.

— Bonsoir, papa.

Là encore il se préoccupait de son haleine.

— Comment est-il?

— Il est très gros, avec presque plus de cheveux. Il a une drôle de façon de parler. « — *Je suppose que tu es son fils?* » m'a-t-il dit si sévèrement que j'ai cru qu'il allait me battre.

— Qu'est-ce qu'il a fait? Tu l'as laissé seul?

— Je lui ai annoncé que j'allais te chercher. Il est assis dans ton fauteuil. Il m'a demandé s'il y avait quelque chose à boire.

— Alors?

— Il m'a donné un billet pour descendre lui acheter une bouteille de cognac.

— Tu l'as fait?

Bob lui tendit le billet de banque qu'il avait gardé dans son poing serré.

Ils accéléraient le pas. En passant devant un marchand de vin, François s'arrêta, se demanda s'il ne ferait pas mieux d'acheter la bouteille à tout hasard.

— Tu es sûr, Bob, que tu ne l'as jamais vu?

— Sûr.

Il acheta une bouteille de fine trois étoiles. Sa rue, à cause de l'inconnu, lui paraissait moins familière, avec quelque chose de fantastique. Les passants devenaient mystérieux.

— Comment...

Non! C'était la question qu'il ne devait pas poser. N'était-ce pas étrange que le gamin fût venu coller son visage justement à la vitrine de chez Popaul? Fallait-il croire qu'il savait?

Ils habitaient la partie la plus calme de la rue Delambre. La concierge était dans sa loge; les jambes écartées, elle écossait des petits pois dans son tablier, avec un baquet plein d'eau à côté d'elle.

— Bonsoir, madame Boussac! lança-t-il.

Il savait bien qu'elle ne répondrait pas, qu'elle se renfrognerait, dédaigneuse, car il devait deux termes.

Il n'y avait pas d'ascenseur mais l'escalier était propre, avec un tapis rouge maintenu par des tringles de cuivre.

Trois étages. La porte à droite. Il chercha la clef dans sa poche, puis s'aperçut que la porte était contre. Il accrocha machinalement son chapeau au portemanteau et, dès le seuil de la salle à manger, vit deux gros yeux ironiques qui le guettaient.

— Hello, François!

Le gamin, serrant un pan du veston de son père, se tenait derrière lui.

— Bonsoir, Raoul.

— Tu ne t'y attendais pas, hein? Tu as apporté la bouteille, au moins? Je parie que j'ai fait peur à ce petit bonhomme.

Alors François se tourna vers son fils et articula à regret :

— C'est ton oncle, Bob.

— Quel oncle?

— Mon frère Raoul. Celui qui était en Afrique.

— Ah!

— Il ne paraît pas plus enchanté que ça de faire ma connaissance.

— C'est la première fois. Il faut que je le couche. Il devrait être au lit depuis longtemps. Il n'y était pas quand tu es arrivé?

— J'étais en train de me déshabiller, dit le garçon.

— Va dans ton lit.

— Oui, papa. Tu viendras me dire bonsoir?

— Et à moi, on ne dit rien?

— Bonsoir, monsieur.

— Bonsoir qui?

— Bonsoir, mon oncle.

Bob avait laissé la porte de la chambre entrouverte; son père alla la refermer et les deux hommes restèrent seuls. Le secrétaire était ouvert entre les deux fenêtres et, sur la table ronde, des papiers étaient éparpillés.

— Si on commençait par boire un verre? proposa Raoul sans quitter son fauteuil.

Il avait retiré son veston et sa cravate, ouvert le col de sa chemise sur sa poitrine grasse.

Il était devenu vraiment gros, d'une mauvaise graisse jaune qui lui faisait des bourrelets partout.

Le regard de François allait des brouillons de lettres épars sur la table au secrétaire béant.

— Cela te gêne? questionna son aîné. J'aurais quand même compris du premier coup d'œil, va! Et sans avoir besoin de te regarder! On est du même sang, non?

François ne fit pas le calcul tout de suite. Raoul devait avoir quarante-six ou quarante-sept ans, lui, n'en avait que trente-six. Oui, juste dix ans de différence, à quelques mois près.

Machinalement, il alla ouvrir le buffet, en sortit deux verres, chercha dans le tiroir le tire-bouchon à manche de corne.

— Il y a longtemps que tu t'y es mis?

— A quoi?

— Comme nos deux canailles de grands-pères...

François laissa passer sans répondre.

— Je ne savais pas que tu rentrais en France.

— Tu ne savais pas où j'étais. Cela ne fait rien. J'ai débarqué à 6 heures à la gare Montparnasse. J'ai laissé mes malles en face, à l'Hôtel de Rennes, et je me suis souvenu de ton adresse. Je me demandais si tu en avais changé. Ta femme est morte?

— Elle est à l'hôpital. Je reviens justement de...

— Elle va mourir?

— Je ne sais pas.

— Quel âge a le gamin?

— Il a eu neuf ans le mois dernier.

— Pourquoi l'appelles-tu Bob? Il me semblait que tu lui avais donné l'harmonieux prénom de Jules.

C'était vrai. C'était le prénom de leur père et François avait tenu à le donner à son fils, mais on avait pris l'habitude de l'appeler Bob.

— A ta santé.

— A la tienne.

Raoul, qui avait vidé son verre d'un trait, se souleva du fauteuil pour s'emparer de la bouteille et se servir à nouveau.

— Pas trop content de me revoir, hein?

Son sourire était cynique satisfait. Le plus surprenant en lui, le plus choquant, c'était sa voix, que François avait l'impression de n'avoir jamais entendue.

— Ça donne, ces petits machins-là?

Il désignait du menton les brouillons de lettres que François avait la manie de conserver.

— Papa! appelait Bob, dans l'obscurité de la chambre.

Quand son père se pencha sur son lit, il balbutia :

— Je ne l'aime pas. Et toi?

Il valait mieux ne pas répondre. Il fallait rentrer dans la lumière crue de la salle à manger, supporter à nouveau le regard féroce de son frère.

— Quand as-tu commencé?

— Je ne sais plus.

— Marcel a marché?

C'était leur frère, l'Avocat, comme on disait au début de sa carrière, qui était maintenant à la tête d'un gros cabinet de contentieux et conseiller municipal.

— Avoue que Marcel ne s'est pas laissé faire.

Pas de réponse.

— Imbécile! Alors, tu as eu l'innocence de t'adresser à Renée!

La femme de Marcel, la fille du vieil Eberlin, et qui avait hérité des millions paternels.

— Tu es resté en rapport avec eux? questionna François pour faire dévier la conversation.

— Il nous est arrivé de nous écrire. C'est ainsi que j'ai appris, au fond du Gabon, la mort d'Eberlin. Quelle belle canaille celui-là! Bois.

— Merci.

— Tu n'es pas ivre?

— Je ne suis jamais ivre.

— J'ai dit ça aussi.

— Ecoute, Raoul...

— Rien du tout! C'est toi qui vas m'écouter.

Il prit au hasard un des brouillons sur la table, le tint assez loin de ses yeux comme quelqu'un qui a mauvaise vue.

« *Cher monsieur et ami...* »

— Raoul!

« *Vous serez sans doute surpris en recevant cette lettre après tant d'années. Me croirez-vous si je vous dis que j'ai gardé un inoubliable souvenir du temps où j'étais votre condisciple à Stanislas et...* »

— Plus bas, supplia François en regardant la porte derrière laquelle Bob était couché.

— Ton fils te prend pour un grand homme?

— Je t'en supplie!

— « ... *ce n'est pas sans avoir hésité longtemps que je me décide à m'adresser à vous à un moment où de dures épreuves s'abattent sur moi...* »

« Dures épreuves qui s'abattent... » Cela ne te rappelle rien? Ça, c'est en plein le style de maman. Attends! Combien lui demandes-tu, à celui-là? Il s'appelle Allais. Qu'est-ce qu'il fait?

— Sous-directeur d'une compagnie d'assurances.

— « ... *Vous savez que j'ai fait de solides études. Je suis encore jeune, courageux. Je me sens gêné de parler d'une qualité qui n'a plus cours à l'heure actuelle, mais je tiens pourtant à vous dire que je suis honnête, scrupuleusement honnête. Si j'avais voulu faire comme tant d'autres...* »

« Comme Marcel, par exemple? »

— Marcel est...

— Marcel est une crapule.

« ... *Je suis sûr qu'il existe à Paris un poste dans lequel je pourrais faire preuve de...* »

« Pauvre con! Vieille ficelle! Et tout le tralala : dévouement, reconnaissance... Tiens! Il a marché, cet Allais-là. Je vois que tu as noté au crayon : cent francs.

— Je t'en prie, Raoul. Mon fils...

— Quoi, ton fils? Ce n'est pas un Lecoin comme nous, non? Avec, pour changer, un petit mélange de Ruel. C'est bien ainsi que s'appelle sa mère? Lecoin-Ruel. Et du Naille pour notre chère maman.

— Oh! tais-toi.

— Au fait, qu'est-elle devenue, ta belle-mère? Je croyais qu'elle vivait avec toi.

Il regardait autour de lui comme s'il s'attendait à découvrir dans un coin d'ombre une vieille femme impotente.

— Elle est morte.

— C'est toujours ça de gagné.

— Tu es ivre, n'est-ce pas?

— Pas plus que d'habitude. Pas plus que notre grand-père Lecoin ou que notre grand-père Naille. Il faut ce qu'il faut.

— Rends-moi la bouteille.

— Non.

— Tu es passé chez Marcel?

— Non.

— Tu n'y passeras pas?

— Sais pas encore.

— Tu es en France pour longtemps?

— Peut-être pour toujours.

— Je te croyais marié.

— Marié deux fois. Ma seconde femme doit être quelque part par ici avec ma fille.

— Tu ne connais pas leur adresse?

— Cela ne m'intéresse pas. J'ai eu une attaque de bilieuse hématurique dans la brousse, il y a trois mois, et j'ai failli claquer. Alors, j'ai pris le bateau.

— Il paraît que tu es riche.

— C'est un bobard. En tout cas, ne compte pas sur moi pour répondre à des lettres dans ce genre-ci.

— De grâce!

— Je t'assure que cela mérite d'être lu à voix haute. Ecoute celle-ci. Si je comprends bien, elle est adressée à un directeur de journal. Je pique le plus beau : « *J'ai toujours eu le goût d'écrire...* » Tu parles! Premier prix de composition!... « *Néanmoins je suis prêt à accepter le poste, même purement administratif, qu'il vous plaira de me confier. Avec un homme comme vous, toute fausse modestie serait déplacée et je vous dis donc carrément que je sais ce que je vaux...* » L'admirable, c'est que tu cites le chiffre! Tant par mois! François Lecoin vaut tant par mois! Qu'est-ce qu'il t'a répondu, le monsieur?

— La crise...

— Parbleu !

— Je t'affirme, Raoul, que ce n'est pas ce que tu crois. J'ai eu toutes les malchances coup sur coup. Ma femme est malade depuis un an. En réalité il y a quatre ans qu'elle traîne. Le soir, en rentrant, c'était moi qui faisais le ménage. Puis il y a la petite...

— Tu as une fille ?

— Odile, oui. Elle a six ans. On a dû l'envoyer à la montagne à cause de ses poumons. Elle vit dans une famille de paysans, en Savoie.

— Il y a longtemps que tu n'as pas payé la pension ?

— Comment le sais-tu ? Enfin, l'hôpital. Parce que nous ne sommes pas des indigents, il faut tout payer.

— Et tu es en retard.

— Germaine possède une petite maison dont elle a hérité.

— Tu ne l'as pas vendue ?

— Le prix qu'on en offre ne payerait pas les hypothèques. Mais la bicoque nous vaut d'être classés propriétaires...

— Comment as-tu perdu ta place ? Parce que tu picolais, hein ?

— Mon dernier patron s'est retiré des affaires. J'ai eu toutes les malchances.

— Non.

Malgré lui, François baissait la tête devant son aîné. Jadis, dix ans de différence, cela suffisait à les mettre sur des plans différents. Et, à part une brève rencontre à Paris, ils ne s'étaient pas revus depuis quinze ans.

— Passe-moi ton verre.

— Non.

— Passe-moi ton verre. J'ai horreur de boire seul. Tu as dîné ?

— Nous dînons toujours, Bob et moi, avant que j'aille à l'hôpital.

— C'est toi qui prépares les repas? Et qui fais la vaisselle? Et tout?

— Au début, la concierge montait deux heures par jour.

— Elle n'a pas été aimable avec moi, ta concierge. Pas payée, hein?

Il faisait très chaud dans la pièce, malgré les deux fenêtres ouvertes. En se penchant, François regarda la grosse horloge qui servait d'enseigne à la boutique d'en face. Il était 21 h 30. En dessous de l'horloge, les mots qu'il avait sans cesse sous les yeux depuis qu'il habitait la rue Delambre : « Pachon, successeur de Glassner. »

Un instant, il hésita à se pencher davantage, à se laisser tomber dans le vide, sur le trottoir qu'éclairait, juste en dessous de lui, un réverbère.

Il savait qu'il ne le ferait pas. Il revint dans la pièce, aperçut la bouteille à moitié vide et la saisit.

— Enfin! ricana son frère.

— Enfin quoi?

— Rien! Bois, fiston. Tu te souviens du jour où le grand-père Naille était si saoul qu'il a pissé dans la cuisinière?

François eut malgré lui un rire nerveux.

— Et notre sainte mère qui, peu de temps avant sa mort, affirmait encore :

« — *Ce n'est pas vrai. C'était, sur la fin de sa vie, sa raison qui s'en allait.* »

« Tu te souviens, François? Elle prétendait aussi que, s'il avait perdu sa fortune, c'était par pure bonté d'âme, parce qu'il avait imprudemment signé des traites pour un ami en détresse.

« Ce soir-là, mon vieux, le soir des traites, il devait être plein comme une barrique.

« Ce qui n'empêche pas que c'est sa sœur qui a fini dans un asile d'aliénés.

— Tu es sûr?

— Maman t'a dit le contraire?

— Elle m'a affirmé que tante Emma était morte d'une pleurésie.

— Sans doute, à l'entendre, notre grand-père Lecoin n'a-t-il jamais eu la vérole?

— Raoul !

— Tiens ! Tu viens de dire ça juste de la même voix que maman. Sais-tu que tu lui ressembles? Tu as la même façon de tenir la tête un peu de travers, comme par timidité, comme pour t'excuser d'être là. Tu as toujours un peu l'air d'entrer dans une église.

— Je préférerais que tu ne parles plus de maman.

— De quoi veux-tu que je parle?

Mais François ne put répondre : un sanglot éclatait dans sa gorge comme un hoquet et il fut un moment à se tenir la poitrine, les yeux mouillés, comme s'il allait vomir.

2

CE fut le soleil qui l'éveilla en l'atteignant au
visage. Ainsi sut-il, avant d'ouvrir les yeux, qu'il
était très tard, tout comme, pataugeant encore
dans une sorte de boue de sommeil, il savait déjà
qu'il n'y avait que du mauvais à attendre de l'autre côté du réveil.

Son premier regard, furtif et honteux, fut pour
le lit de son fils — depuis que Germaine était à
l'hôpital, ils partageaient la même chambre — et
la tache crue des draps défaits le frappa comme
un premier reproche. Bob était levé, parti sans
doute, car l'appartement aux portes et aux fenêtres ouvertes sentait le vide. Dans les friselis
d'air, on pouvait encore apercevoir une vague
odeur de cacao.

La grosse horloge, au-dessus de la vitrine de
M. Pachon, marquait 10 h 10 et, d'en haut, on
voyait comme un caviar de têtes autour des petites charrettes de fruits et de légumes.

Il aurait dû être à l'hôpital, dans le hall d'entrée, près du guichet, comme il l'avait promis, à attendre le résultat de l'opération, et le fait d'avoir manqué à sa promesse lui donnait un malaise supplémentaire.

Dans la cuisine, sur la table, il y avait un bol qui avait contenu du chocolat, un coquetier avec un œuf vide et, à côté, une feuille arrachée à un cahier, sur laquelle le gamin avait écrit :

« Je suis chez mon ami. »

Cela voulait dire deux maisons plus loin, dans la cour d'un plombier-zingueur encombrée de charrettes à bras et de matériel dont les enfants pouvaient faire un univers fantastique.

François n'en était pas sûr, mais il croyait se souvenir qu'il avait ouvert les yeux, de bonne heure, quand le soleil n'avait pas encore commencé à plonger dans la tranchée de la rue. Il avait dans la mémoire une image toute fraîche de Bob s'habillant sans bruit, en le surveillant du coin de l'œil, puis sortant de la chambre ses souliers à la main.

Est-ce que François ne lui avait pas dit qu'il était malade? Est-ce que Bob l'avait cru? Avait-il entendu son père ronfler et avait-il senti les relents d'alcool dans la chambre?

La bouteille vide et les verres traînaient sur la table de la salle à manger avec des quantités de bouts de cigarettes. Rien n'était exactement à sa place, n'avait son visage familier, et le gros album de photographies à coins de cuivre s'étalait, ouvert, près d'un cendrier.

Il ne savait pas encore ce qu'il allait faire. Il flottait, vraiment malade. L'idée lui vint de se préparer du café, mais la seule vue des traces jaunes sur la coquille blanche de l'œuf lui donna la nausée. C'est en vain qu'il essaya de vomir. Il ne fut même pas capable de boire un verre d'eau.

Il restait sous le coup du rêve qu'il avait dû faire peu de temps avant son réveil. Il était dans une gare, en pleine cohue, discutant violemment avec un homme en uniforme qui lui avait pris son ticket, et il tenait Bob par la main. Il ne comprenait pas pourquoi celui-ci essayait de l'attirer en arrière. C'était ridicule, car ce qu'il avait à dire au fonctionnaire était d'une importance capitale. Les gens, autour d'eux, le regardaient avec mépris, et il ne comprenait pas davantage, jusqu'au moment où il s'apercevait qu'il était tout nu.

Mais pas nu de sa nudité à lui. C'est ce qu'il y avait d'inexplicable dans son rêve. Il était nu comme son oncle Léon, le frère de sa mère, qu'on allait parfois voir à Melun, quand lui-même, François, avait l'âge de Bob aujourd'hui; nu comme son oncle Léon la fois que, par la serrure, il l'avait surpris dans la chambre de la bonne et en sa compagnie.

François, à cette époque, était cependant un peu plus âgé que Bob. Il devait avoir douze ans. L'oncle Léon était roux, avec une chair si blanche qu'elle paraissait morte. La peau de la servante aussi, dans le clair-obscur de la chambre mansardée, était livide. Jamais il n'avait pensé que la peau humaine pouvait être d'un blanc si cru, avec tous les poils qui se dessinaient comme à l'encre.

C'était écœurant. Il avait vu les gros seins mous de la femme, plus âgée que sa mère, et surtout son bas ventre noir comme un gouffre, dont le souvenir l'avait hanté pendant des années et depuis, il avait été incapable d'embrasser son oncle, et même de le regarder en face.

— *Il va falloir que je t'opère, mon garçon!*

Ce n'était pas l'oncle Léon qui avait dit ça. C'était son frère Raoul, la nuit précédente. N'était-ce pas une curieuse coïncidence?

Ces mots-là faisaient partie d'un vocabulaire à eux, que François avait presque oublié. Cela re-

montait aux vacances que la famille passait à
Seine-Port — plus précisément d'un vocabulaire
à l'homme à tout faire de l'auberge du bord de
l'eau, toujours en costume de chasse. Sa besogne
consistait surtout à préparer les bateaux pour les
pêcheurs, mais parfois la patronne l'appelait pour
tuer des lapins ou des poulets. On le voyait alors
passer, une bête sous chaque bras, et leur disant
avec une douceur féroce :

— N'ayez pas peur mes enfants ! *On va vous
opérer !*

Raoul avait retrouvé, pour l'appliquer à son
frère, cette expression de leur enfance. Or, c'était
ce même mot *opérer* que François, dans le secret
de lui-même, avait appliqué au geste de l'oncle
Léon.

Là-bas, à l'hôpital, n'était-on pas en train
d'opérer réellement Germaine ?

Raoul l'avait appelé :

— *Mon garçon !*

Ce qui était le mot de leur père quand il leur
parlait.

Et Raoul l'avait opéré, aussi férocement que
l'homme de Seine-Port — il s'appelait Célestin —,
aussi salement que son oncle Léon.

Ce que Raoul avait mis tout nu, comme dans le
rêve, ce n'était pas un corps d'homme : c'était de
la peau malade, des poils, des organes obscènes
comme ceux qu'on voit crayonnés dans les uri-
noirs.

C'est à peine si, maintenant, François osait encore arrêter son regard sur l'album de photographies resté ouvert sur la table de noyer ciré.

Tout était devenu d'une cruauté obsédante qui
lui rappelait son propre visage, dans le miroir du
cabinet de toilette qu'éclairait un faux jour, certains matins, après une mauvaise nuit. Elle lui
rappelait aussi Germaine, sur son lit d'hôpital,
où il y avait l'odeur en plus.

Il avait promis d'y aller, d'être dans la salle d'attente pendant l'opération et il n'avait pas le courage de s'habiller ni même de se laver. Il osait à peine remuer car, à chaque mouvement, le vertige s'emparait de lui.

Le temps était chaud, l'air humide, plein de vibrations, de bruits familiers, mais il évitait inconsciemment de se tourner vers les fenêtres comme s'il craignait de rencontrer un regard humain. S'il n'avait pas eu peur que les gens d'en face se demandent ce qui lui arrivait, il aurait fermé fenêtres et rideaux.

Il avait soif. Il ressentait un impérieux besoin de boire. Avec dégoût, il colla les lèvres au goulot de la bouteille vide et la retourna pour recueillir tout juste une goutte d'alcool tiède. Cela sentait le bouchon. Cela sentait Raoul, aussi, une odeur à la fois fade et forte qui ne pouvait appartenir qu'à son frère et qui persistait dans la pièce en dépit des fenêtres ouvertes et des odeurs de la rue.

— L'odeur de la famille! aurait ricané Raoul. L'odeur des Lecoin mélangés de Naille, avec, pour toi, un peu de l'odeur des Ruel!

Il les avait brassés, tous, avec une sourde fureur mêlée d'allégresse. Il les avait *opérés,* en tas et un à un.

François ne lui en voulait pas. Il avait seulement peur de son frère, au point que cela l'effrayait de le savoir dans la même ville, là-bas, à son hôtel, en face de la gare Montparnasse dont on entendait siffler et rouler les trains, à cinq cents mètres à peine à vol d'oiseau.

Raoul devait dormir lourdement dans sa sueur. Il n'avait pas, il n'avait plus de problèmes. Peut-être dormirait-il toute la journée en se promettant pour le soir une nouvelle partie de jeu de massacre?

Il était diabolique. Il connaissait mieux que lui-

même les points faibles de François, qu'il n'avait
pourtant pas vu depuis quinze ans.

— Tu t'efforces de ressembler à papa, n'est-ce
pas?

Le seul être, le seul souvenir, déjà estompé, que
François aurait voulu coûte que coûte garder en
dehors de la ronde infernale! Il avait dû supplier.
Il aurait été capable de se mettre à genoux.

— Laisse-moi au moins papa!

Mais rien ne pouvait arrêter Raoul, l'empêcher
de jeter sur chacun la même lumière mortelle que
François avait vue un jour sur l'oncle Léon et la
cuisinière.

— Vois-tu, mon garçon...

Est-ce que François était déjà complètement
ivre quand il avait découvert que son frère avait
les mêmes inflexions de voix que leur père?
C'était hallucinant d'entendre cette voix-là et de
voir devant soi un gros homme bilieux, aux cheveux rares, à la chair gonflée par l'alcool, les
avant-bras velus sortant des manches retroussées
de la chemise.

— Vois-tu, mon garçon...

C'était lui, qui n'était jamais entré auparavant
dans cette maison, qui était allé chercher l'album
de photographies dans le tiroir du secrétaire. Il
avait dû tout fouiller, cyniquement, pendant que
Bob courait les rues à la recherche de son père.
Il ne s'en cachait pas. Il ne se cachait de rien. Au
contraire, il étalait, avec une complaisance joyeuse.

— Vois-tu, mon garçon, la différence entre
papa et toi, c'est que papa n'y croyait pas.

— A quoi?

— A tout. A ça!

Il désignait la première page de l'album où deux
photos qui marquaient leur époque montraient
deux couples, les grands-parents Lecoin et les
grands-parents Naille.

Est-ce parce que les hommes portaient à peu

près les mêmes favoris, les mêmes moustaches, la même cravate noire nouée très haut et les femmes d'identiques manches à gigot?

Les deux couples, au moment de la photographie, devaient avoir trente ans à peine. Ils ne se connaissaient pas encore. Ils ne savaient pas qu'ils seraient réunis sur une page d'album de famille. Pourtant, il y avait entre eux quelque chose de tellement semblable que François, le remarquant pour la première fois, en était dérouté.

— Le début de la dégringolade, tu comprends, fiston? Papa et maman, eux, étaient déjà beaucoup plus bas. Quant à nous...

Il y avait les petites photographies d'amateur, aux pages suivantes, floues ou jaunies, certaines toutes craquelées.

— La page des châteaux! ricanait Raoul.

Ils étaient déjà ivres, mais François ne le savait pas. Pas un moment, pendant la nuit, il ne s'était rendu compte qu'il était ivre.

Ce n'étaient pas des châteaux, que Raoul désignait, mais d'importantes maisons de campagne, comme en possédaient les gros bourgeois du siècle dernier.

Celle des Naille était la plus vaste, la plus prétentieuse, au bord de la Seine, à Bougival.

— On te l'a montrée en passant, n'est-ce pas? Tu te souviens de l'air résigné de maman quand elle soupirait :

« — *C'est ici que je suis née. Jusqu'à l'âge de quinze ans, j'ai eu ma femme de chambre personnelle, mon institutrice, mon poney...* »

« Tu veux que je te récite la litanie? Tu es né longtemps après moi, mais on a dû te bercer avec les mêmes chansons. Maman était intarissable.

« — *Tout près de nous, c'était la maison de Maupassant et, de l'autre côté, habitait un roi en exil...* »

« Peut-être t'a-t-elle cité Emilienne d'Alençon

et quelques autres horizontales de l'époque qui avaient leur maison d'été dans les environs.

« Du beau monde, mon garçon !

« Et des clous ! Car les Naille, c'étaient des clous, des fabricants de clous. Le père du grand-père était déjà dans les clous et employait dans ses ateliers des enfants de douze ans qui travaillaient quinze heures par jour. Il employait des femmes aussi, bien entendu, des femmes à qui les contre-maîtres — le grand-père peut-être même à l'occasion — faisaient des enfants par mégarde et qu'on jetait ensuite dans la rue.

« C'est pourquoi maman était si sensible. *Sensitive,* qu'elle disait. Une belle âme ! Tu te souviens de la belle âme ? « *Voyez-vous, mes enfants, du moment qu'on a une belle âme...* »

« Féroce, la belle âme. Papa en a su quelque chose. Tu ne peux pas te figurer à quel point c'est terrible d'épouser une belle âme qui a été élevée aux Gloriettes — c'était le nom de la maison de Bougival — et qui a eu tant de gens pour la servir.

« Papa, lui, était de robe, comme quelques-uns disaient encore en ce temps-là. Des magistrats depuis des générations, de beaux magistrats implacables qui avaient des terres en province et faisaient partie de conseils d'administration.

« Seulement, chez les Lecoin, on a perdu l'argent plus tôt que chez les Naille. Il faut croire que les terres en provinces sont moins solides que les clous.

« Notre grand-père était un farceur qui aimait les danseuses et qui a eu la malchance d'attraper la vérole à une époque où cela ne se guérissait pas.

« Regarde-toi, mon garçon.

— Je ne suis pas malade.

— Tu es beau ! Nous sommes tous beaux ! Et intelligents, avec une volonté de fer, n'est-ce pas ? Et optimistes, donc ! Ça, c'est à maman que nous le devons.

« — *Mes enfants, n'oubliez jamais qui vous êtes.*

« Parbleu! Des Lecoin et des Naille. Surtout des Naille bien entendu. Les Gloriettes, l'institutrice, la femme de chambre personnelle et le poney...

« Est-ce qu'on fraie avec n'importe qui, quand on est sorti d'une matrice pareille?

« Ah! sa matrice! Avoue que tu te souviens de sa matrice. Elle en parlait assez, à croire qu'il n'y avait qu'elle au monde à en avoir une et à avoir fait des enfants. Elle nous le reprochait, tu sais! Tout le mal qu'elle avait eu à nous porter, puis à nous déposer sur cette terre, et tous les bobos, après, et que nous étions si vicieux, déjà, que nous faisions exprès de pleurer la nuit pour l'empêcher de dormir!

« Sacrée maman! Notre pauvre papa ne disait rien...

— Tu prétends que papa n'était pas heureux?

— Doux imbécile! Regarde ses portraits. Regarde donc! Tourne la page.

Il était long et maigre, avec un grand front dégarni, des moustaches claires qui tombaient des deux côtés de sa bouche. A travers ses lorgnons il regardait droit devant lui, d'un regard à la fois ferme et doux, une ombre de sourire sur ses traits.

— Tu ne reconnais pas ce sourire-là?

François dit non, mais en même temps il sentit qu'il mentait, car c'était un sourire qu'il s'était souvent vu à lui-même dans la glace.

— Sache donc, mon garçon, que les gens qui sourient comme ça, avec cette sorte de douceur, sont des gens qui ont renoncé une fois pour toutes. Renoncé à lutter, tu comprends, à attendre quelque chose des autres. On ferme le volet et on est tout seul.

— Papa nous aimait.

— Bien sûr. C'est bien pour ça qu'il n'était pas gai.

— Que veux-tu dire?

— Parce qu'il nous connaissait, tiens donc! Il voyait bien, lui, où nous allions.

— Il aimait maman.

— Il était gentil avec elle. Il n'élevait jamais la voix, n'est-ce pas? Parce qu'il savait que cela ne servait à rien. Alors, il s'était confectionné un petit bonheur à l'intérieur. Chaque matin, il se rendait au ministère, à pas comptés, et il y avait ou le soleil ou la pluie pour lui donner une petite joie. Il se fabriquait de petites joies, voilà. Pour lui tout seul. C'est cela surtout qui faisait enrager maman.

« — *On voit bien que tu es un Lecoin, toi!* »

« Tu te souviens? Elle ne t'a pas traité de Lecoin, quand elle était furieuse?

« Pense donc! N'être plus en fin de compte que la femme d'un chef de bureau au ministère des Travaux Publics! N'avoir qu'une bonne et passer ses vacances dans une auberge pour classes moyennes.

« Au fait, tu la voyais souvent, pendant les dernières années?

— J'allais la voir chaque semaine.

— Avec ta femme?

François s'était tu.

— Evidemment! Où avais-je la tête? La fille d'un brocanteur!

— Le père de Germaine était antiquaire.

— Ça y est! Voilà maman qui parle. Je te jure, François, que tu lui ressembles étonnamment. Tout à l'heure, quand tu seras un peu plus saoul, je suis sûr que tu vas me raconter tes malheurs. Tu dois les raconter à n'importe qui, au bistrot. Comme maman! Mon Dieu! comme elle aimait les malheurs! Elle en aurait tricoté. Elle aurait supplié le bon Dieu d'en faire pleuvoir sur nos têtes.

« Et papa, lui, qui aurait tant voulu vivre ! Tu comprends ça, toi, le mot vivre ?

« Pas vivre comme toi, pas vivre comme moi. Je ne prétends pas que j'ai vécu. Ce n'est pas pour rien que je suis de la famille. Vivre, simplement. Vivre !

« C'est la seule chose qu'on ne nous ait pas apprise, le grand tabou, l'indécence des indécences.

« Papa, lui, savait ce que c'était. Il avait des dispositions. Si tu avais vu ses yeux quand on rencontrait dans la rue une belle fille au corsage rebondi ! Et si tu avais vu ceux de maman ! Car elle flairait d'une lieue toute tentative de vie.

« Un coup d'œil, rien qu'un, et papa s'éteignait.

« Ce n'était pas pour lui.

« Il lui restait ses livres, le soir, ses journaux. Et encore était-ce trop d'indépendance.

« — Jules. Tu n'as pas oublié d'éteindre le gaz dans le corridor ? »

« — Non, maman. »

« Car il l'appelait maman aussi. Rien que ça, mon garçon, en dit long.

« — Tu es sûr ? Il me semble que cela sent. »

« Il valait mieux se lever, aller voir.

« Il valait mieux avoir la paix, comprends-tu ?

« Avoue que, toi aussi, tu as voulu la paix !

« Comme papa !

« Et maintenant, je vais te dire quelque chose que tu ne sais peut-être pas. J'ignore quand ça a commencé. Je l'ai découvert par hasard, comme ton fils, hier soir, tiens ! Et peut-être que lui aussi s'en souviendra un jour.

« Dans les dernières années, papa, en quittant son bureau, allait furtivement boire un verre dans un petit bar, au coin de la rue Vaneau.

« — Excusez-moi de ne vous offrir que du thé, mais je ne veux pas d'alcool à la maison », expliquait maman quand il venait des amis.

« Elle ajoutait :

« — Jules ne boit pas. »

« Et Jules allait furtivement s'en jeter chaque jour un ou deux derrière la cravate.

« Et Jules, j'en suis sûr, car je l'ai vu sortir, allait de temps en temps se passer les idées dans un bordel de la rue Saint-Sulpice. J'y suis allé plus tard à mon tour. Je peux en parler. Je peux même te dire que c'est surtout un bordel pour curés de province.

Ainsi son père avait été comme l'oncle Léon ?

— Tu comprends, maintenant, mon garçon ?

Qu'est-ce qu'il fallait comprendre ?

— On dégringole et il n'y a rien à faire pour empêcher cela. Papa et maman, c'était encore décent. La preuve, c'est que tu n'as jamais rien remarqué. Mais regarde-toi, regarde-moi.

Il éparpillait les brouillons de lettres.

— Le tapeur conscient et organisé. Ces lettres-là, maman, avec un peu moins d'orgueil, aurait pu les écrire. *Je suis honnête, moi monsieur. C'est parce que je suis honnête que je n'ai pas la place que je mérite et que des canailles occupent. Je suis de bonne famille, moi. J'ai reçu une bonne éducation, une bonne instruction et je ne demande qu'à faire de mon mieux.*

— Tais-toi !

— *Une petite place, s'il vous plaît, mon bon monsieur, et, si vous n'en avez pas, ce sera à votre bon cœur : mille francs, cinq cents francs, cent francs... Non ? Alors cinquante, vingt francs. je vous les rendrai... Honnête, je vous dis ! Et une femme à l'hôpital, un garçon qui use une paire de souliers tous les mois, une fille faible de la poitrine et de qui je dois payer la pension à la' montagne.*

« Pauvre vieux !

« Et ça va boire des petits verres en cachettes. Est-ce que tu suis les prostituées dans la rue en tirant la langue ? Non ? Pas encore ?

« Ça viendra !

« Sois pas vexé. Je ne vaux pas mieux. Notre bien-aimé Marcel non plus.

— Marcel est heureux.

Mais il fallait aller jusqu'au bout du jeu de massacre.

— Il a évidemment sur nous l'avantage d'être une crapule intégrale.

François protestait encore, par principe, mollement.

— Ce n'est pas vrai.

— Tu aimes Marcel ? Tu prétends que tu as jamais eu la moindre affection pour ton frère Marcel ?

— Je ne sais pas.

— Il ne t'a pas emprunté d'argent quand il était étudiant ?

— Si.

— Tu n'étais qu'un gamin. Il te le rendait. Parce que Marcel, lui, était assez intelligent pour rendre, même avec des intérêts. Avoue qu'il te payait des intérêts.

C'était exact. Cela avait duré des années.

— Le soir, il repassait lui-même ses pantalons pour être toujours impeccable. Tu ne te souviens pas d'un mot de papa ? Je ne sais plus ce que Marcel avait fait. Je crois qu'il avait parlé crûment d'une jeune fille avec laquelle il était sorti la veille. Je me rappelle surtout le ton de notre père, plus triste que fâché.

« — *Mon garçon, tu n'es pas un gentleman.* »

— N'empêche que maintenant c'en est un.

— Qu'il dit ! Et heureux, peut-être ? Sais-tu seulement comment Marcel a fait sa carrière ? Tout cela s'est passé devant ton nez sans que tu y comprennes goutte. C'est justement la différence entre papa et toi. Lui savait. Il ne disait rien, mais il savait. Toi, tu ne dis rien parce que tu ne sais rien.

« Tu as entendu parler du vieil Eberlin ailleurs que dans la famille? Parce que, dans la famille, à cause de son argent, on n'osait pas trop en dire.

« Il avait des bureaux puants dans une cour du boulevard Poissonnière. C'est à peine s'il savait lire et écrire. Il était venu en sabots, comme on disait alors, de son Alsace natale, ou plus probablement, d'Allemagne. En tout cas, il avait un terrible accent.

« Ouvertement, il faisait l'achat et la vente de fonds de commerce. Une cuisinière et un chauffeur qui avaient travaillé vingt ans à amasser quelque argent voulaient-ils devenir marchands de vin dans un quartier tranquille? Il leur trouvait ça. Le ménage signait des traites pour le reste.

« Comme par hasard, les affaires marchaient toujours mal et deux ans plus tard le couple se retrouvait sur le pavé sans économies, ni son fonds de commerce que le vieil Eberlin revendait à d'autres nigauds.

« Si tu y tiens, je t'expliquerai le mécanisme.

« Toujours est-il qu'Eberlin avait parfois de petits ennuis. Il n'aimait pas mettre trop d'avocats dans le secrets de ses affaires.

« Il s'est dit un jour, que s'il en avait un à lui, un jeune, bien souple, bien docile, celui-ci lui économiserait du temps, de l'argent et des risques.

« Il a choisi notre frère.

« Evidemment, maman t'a dit que c'est par sa valeur et par son travail que Marcel est arrivé.

« Jolie blague. Ecoute la vérité. Il s'est fait qu'à moins de trente ans notre cher Marcel est devenu aussi ficelle que le vieil Eberlin et que c'est lui, en fin de compte, qui a mis l'autre dedans.

« Suis-moi bien, car c'est magnifique.

« Le vieil Eberlin d'une part, qui se croit le plus malin des vieux requins. Bon !

« De l'autre côté, notre Marcel, bien habillé, bien pommadé, bien élevé, qui a l'air de faire tout ce qu'on veut lui faire faire sans chercher à comprendre.

« Il est tellement correct que ses confrères du Palais, bien qu'ils sachent de quoi il retourne, ne le traitent pas trop durement et le prennent presque pour un naïf.

« Le vieil Eberlin est millionnaire — le mot avait encore un sens en ce temps-là.

« Il a une fille de vingt-deux ans qui se prénomme Renée.

« Renée est une fille aussi mal élevée que possible, et, un beau jour on apprend que Marcel l'épouse. Maman exulte, parce qu'il y a de nouveau une vague odeur de millions dans la famille.

« C'est Marcel qui a gagné la première manche. J'aurais voulu être là quand il a fait sa demande et je suis sûr qu'il n'était pas question d'amour, ni de faire beaucoup d'enfants.

« Des papiers, rien que des papiers, des tas de papiers compromettants pour le vieil Erbelin, tu comprends, et que notre cher frère avait eu soin de mettre en lieu sûr.

« Le jeune ménage s'est installé dans un bel appartement du quai Malaquais d'où Marcel, en se rasant, peut apercevoir l'ancien domicile des rois de France.

« Seulement, il y a la deuxième manche, et celle-là, ce n'est pas lui qui l'a gagnée : c'est Renée.

« Regarde l'album, mon garçon. Regarde surtout les couples. A partir des grands-parents. Remarque comme, au début, les femmes sont gentilles, et douces, et soumises. Toutes, sans exception, penchent la tête vers l'épaule du mari.

« Tourne les pages. Cinq ans, dix ans après. Plus si doux, le regard, n'est-ce pas?

« Marcel passe sa vie à obéir, à s'entendre répéter qu'il n'est qu'un pauvre raté d'avocat que sa femme a tiré de la crotte.

« Et toi, grand dadais, qui lui écris pour lui demander de l'argent! Comme s'il en disposait, de son argent! Et surtout comme si cela pouvait lui être agréable de se voir rappeler la pauvreté de la famille!

« Tu fais mieux. C'est le bouquet. Tu écris à Renée et Renée peut brandir la lettre du frère-mendiant.

« Je parie qu'elle t'a envoyé un petit quelque chose, rien que pour te remercier de la joie que tu lui as donnée.

« Combien?

— Cent francs. Je les lui rendrai.

-:-

Il s'était habillé, parce qu'il lui fallait absolument boire quelque chose. Il avait peur de rencontrer son fils dans la rue. Il se souvenait de ce que Raoul lui avait dit au sujet de leur père et c'était peut-être la blessure la plus douloureuse que son frère lui eût faite.

Son père d'abord.

Puis son fils.

— Mon Dieu! balbutiait-il machinalement en descendant l'escalier, faites que Bob ne sache jamais. Faites qu'il n'ait pas compris, hier en me voyant chez Popaul.

Au premier étage, il rencontra Mme Boussac qui nettoyait l'escalier et qui ne lui rendit pas son salut. il marcha vite dans la foule, pour sortir au moins de sa rue avant d'entrer dans un bistrot. Il dit, sans réfléchir :

— Un marc.

Et il se détourna d'un miroir. Il n'était pas rasé. Une horloge-réclame marquait 11 h 30, mais peut-être ne marchait-elle pas?

L'alcool lui racla tellement la gorge qu'il en eut les yeux mouillés et que le garçon lui tendit un verre d'eau. Il fut sur le point de se jurer de ne plus boire. Il fallait prendre des décisions. Mais pas tout de suite. Il était persuadé qu'un second verre, maintenant qu'il avait quelque chose dans l'estomac, le remettrait d'aplomb, et il le but lentement, avec précaution.

Est-ce que Raoul était malheureux? Il se le demandait. Il lui semblait impossible qu'il en fût autrement. Mais alors il l'était d'une façon que François était incapable de comprendre.

— C'est l'heure juste?

— Elle retarde de sept ou huit minutes.

Peut-être l'opération était-elle finie? Peut-être Germaine était-elle déjà morte et essayait-on de le joindre pour l'en avertir?

Il ne se sentait pas plus près d'elle que la veille. D'ailleurs la veille en la quittant, il envisageait tranquillement sa mort comme un événement attendu, presque souhaitable, qui arrangerait les choses plutôt que de les compliquer.

Dans l'album, il y avait leur photographie aussi, à tous les deux, le jour de leur mariage. Chose curieuse, alors que, parmi les photos de famille, c'était une des plus récentes, elle avait déjà quelque chose d'effacé, comme les portraits des personnes mortes.

D'y penser, cela lui donna un choc. Il avait terriblement peur de mourir. Il connaissait déjà cette peur-là quand il était tout petit et que, se réveillant en sursaut, il criait :

— Papa, je suis mort!

Pourquoi criait-il papa plutôt que maman? Il ne voulait pas mourir. Il ne voulait pas souhaiter la mort de Germaine. Elle avait peur de la mort, elle aussi. Elle lui avait répété souvent :

— Tu ne me laisseras pas partir, n'est-ce pas? Si tu es là, si tu t'accroches, je suis sûre que je ne mourrai pas.

— Vous avez le téléphone?

— Je vous donne un jeton?

Il fallait penser à autre chose avant de téléphoner, car cela pourrait porter malheur. Penser, par exemple, à la boutique où il avait connu Germaine, dans la partie provinciale du boulevard Raspail, entre le boulevard Montparnasse et la place Denfert-Rochereau.

C'était une vieille maison, dans un renfoncement. Le père de Germaine, par beau temps, était toujours assis à côté du seuil.

C'était exact que c'était plutôt une boutique de brocanteur qu'un magasin d'antiquaire. Ce côté-là du boulevard recevait le soleil tout l'après-midi et il y avait, à l'intérieur, comme un fin nuage de poussière dorée.

Sans doute, l'avait-il aimée? Il ne savait plus.

— Allô! Le secrétariat de l'hôpital?

Il s'en voulait de n'avoir pas bu un verre de plus. Ses doigts tremblaient. Il ne se sentait pas bien du tout dans la cabine où il faisait très chaud.

— Ici, François Lecoin. Le mari de Mme Lecoin, de la salle 15, qu'on a opérée ce matin. Je n'ai pas pu me rendre à l'hôpital. Je voudrais savoir...

— Un instant.

Ce fut long. Il entendait un murmure de voix à l'autre bout du fil.

Par la vitre de la cabine, il voyait des plâtriers en blouse blanche qui buvaient du gros vin rouge.

— Allô!

— Un moment, s'il vous plaît. J'appelle l'infirmière-chef du quartier.

A quelqu'un qui était près d'elle, la demoiselle disait à mi-voix :

« — Je n'ai pas pu y aller hier soir, à cause d'une urgence mais j'irai aujourd'hui. Il paraît que c'est épatant. »

Puis, à un autre appareil sans doute :

« — Oui... Bien... Bien... Oui... Je vais le lui dire...

Enfin :

— Allô! Mme Lecoin a regagné son lit.

— Elle n'est pas morte?

— Elle est toujours sous l'anesthésique. L'infirmière-chef vous fait dire qu'on ne pourra rien savoir avant trois ou quatre heures. Vous n'avez qu'à rappeler, ou passer ici.

Germaine vivait encore dans son lit, à côté de la grosse Mlle Trudel qui avait certainement plus d'importance à ses yeux, maintenant, que son mari.

— Vous avez eu votre communication?

— Merci.

Il fallait faire le marché, préparer le déjeuner. Bob n'allait pas tarder à rentrer, s'il n'était déjà à la maison.

3

— JE peux mettre la table papa?

— Tu peux, Bob.

Ils formaient un drôle de petit ménage, tous les deux. Depuis que sa mère n'était plus là, le gamin s'était mis à faire, de lui-même, gravement, des choses qu'on n'avait jamais pu obtenir de lui.

Leurs gestes, leurs attitudes étaient si pareils que les gens en étaient frappés, non seulement ceux qui le connaissent, comme les commerçants du quartier, mais des passants, dans la rue, qui se retournaient sur eux.

On avait continué à mettre une nappe. Raoul aurait sans doute prétendu que c'était le côté Naille qui ressortait, l'orgueil Naille.

« — Comme maman, qui se serait laissée mourir de faim plutôt que de se séparer de son argenterie! »

Cela prouvait que Raoul n'avait pas toujours nécessairement raison. Ce n'était pas par orgueil que François s'imposait chaque jour de préparer de vrais repas, de la viande, des légumes, des pommes de terre, parfois des plats mijotés qu'il surveillait en lisant. Ce n'était pas par un geste de décence, mais plutôt pas sentiment du devoir.

Exactement, c'était pour Bob. Il ne voulait pas voir son fils manger sur un coin de table, dans la cuisine, devant du papier gras de charcuterie.

Les deux lits étaient faits tous les jours, les matelas retournés. Il n'oubliait pas le traditionnel :

« — Va te laver les mains, mon garçon. »

Et, le soir, il vérifiait les chaussettes du gamin, préparait son linge propre du lendemain.

La cuisine, étroite, donnait sur la cour. Elle était sombre, peinte d'un vilain vert sur lequel il y avait toujours eu des taches brunes, et, l'été, pour éviter d'allumer du feu, on se servait du réchaud à gaz à un seul bec.

Etait-ce par pudeur, ou pour ne pas le chagriner, que l'enfant ne parlait presque jamais de sa mère? Parfois, François en arrivait à se demander si ce n'était pas de l'indifférence.

Quand il était plus petit, certes, c'était son père qui seul comptait pour lui et sa phrase favorite était :

« — Je le dirai à mon père ! »

En était-il encore de même? Cela devenait difficile à deviner. Depuis un certain temps, il parlait moins, surtout avec moins d'abandon, et il donnait l'impression de peser le sens des mots.

— Ton frère doit revenir, papa?

— Je ne sais pas, Bob. S'il passe un certain temps à Paris, il viendra probablement nous dire bonjour.

L'enfant n'insistait pas. Que pensait-il de

Raoul? En tout cas, la nuit précédente, il n'avait pas écouté à la porte. Plusieurs fois, son père s'en était assuré et l'avait trouvé endormi.

— Dis-moi papa...

— Oui.

— Tu es plus intelligent et plus instruit que le père de Justin, n'est-ce pas?

— Je crois que oui.

— J'en suis sûr. Et tu es plus intelligent qu'oncle Marcel.

— Je ne sais pas. Qu'est-ce qui te tracasse?

— Rien.

— Tu voulais dire quelque chose.

— Non.

Tout en mangeant, il réfléchissait visiblement.

— Oncle Marcel est riche?

— Très riche.

— Et le nouvel oncle, celui qui est venu hier?

— Je ne le pense pas.

— Il est pauvre?

— Je ne le pense pas non plus.

— Comme nous.

— Nous ne sommes pauvres que momentanément, Bob, par accident, jusqu'à ce que je trouve une place.

— Je sais.

— Tu n'as jamais manqué de rien, n'est-ce pas?

— Non.

— Qui est-ce qui t'a dit que nous étions pauvres?

— Personne.

— Les commerçants?

— Non, papa.

— La concierge t'a parlé?

— Elle ne me parle jamais.

— Qui est-ce?

— Il y a déjà longtemps.

— Qui?

— Maman.

— Tu t'es bien amusé ce matin?

— On n'a presque pas pu jouer. Les filles étaient dans la cour.

— Pourquoi n'avez-vous pas joué avec les filles?

— Je n'aime pas les filles. Les garçons n'aiment jamais les filles.

Depuis quelques jours que le gamin était en vacances, l'emploi de ses journées constituait un problème.

— Je voudrais que tu restes ici cet après-midi, Bob. Il doit y avoir des livres que tu n'as pas lus.

— Pourquoi veux-tu que je reste?

— Je dois aller à l'hôpital.

— Ce n'est pas le jour de visite.

— On a opéré ta maman ce matin.

— Encore? Pourquoi faut-il que tu ailles à l'hôpital?

— Pour prendre de ses nouvelles.

— Et pourquoi faut-il que je t'attende à la maison?

Il ne pouvait pas lui répondre :

— Parce que ta mère est peut-être morte.

Il en avait la quasi-certitude depuis qu'en regardant par la fenêtre, au moment de se mettre à table, il avait vu la grosse horloge de M. Pachon arrêtée sur 12 h 50. C'était la première fois que cela arrivait depuis des années.

Il croyait entendre la voix de Raoul railler :

— Comme maman! Des signes! Et toujours, inévitablement, des signes de malheur!

C'était vrai. Ils avaient été élevés dans un monde plein de signes malfaisants et François ne s'en était jamais étonné, jusqu'à ce que son frère lui en parle la veille au soir?

— Tu ne te souviens pas? Les fameux 21 de maman?

Et cela remontait plus loin, à sa mère à elle, et même à sa grand-mère. Le 21 du mois était néfaste aux Naille. C'était ce jour-là, invariablement, que les catastrophes se produisaient, de sorte qu'on s'y préparait d'avance.

Parfois, un des garçons questionnait :

— Pourquoi maman est-elle si nerveuse aujourd'hui?

Et le père désignait le calendrier d'un coup d'œil furtif.

Il y avait encore les corbeaux, les chats noirs, tous les chats, les chauves-souris, les chouettes, le vent d'ouest et le tonnerre, il y avait certaine douleur à l'articulation du coude annonciatrice de mauvaises nouvelles.

Si François n'en avait jamais été frappé, c'était sans doute parce qu'il pensait qu'il en était de même ailleurs. Dans son esprit, toutes les familles devaient plus ou moins ressembler à la sienne.

Qu'aurait-il pu leur arriver de bon, par quel miracle, par quel renversement du sort?

— Mange mon garçon!

Cela le gênait de voir son fils le regarder avec tant d'attention, comme s'il était en train, à son tour, de faire des découvertes.

Même ces mots « mon garçon » que Raoul lui avait salis en les prononçant toute la nuit de sa voix grinçante!

C'était incroyable et c'était pourtant vrai : la veille encore, François était un homme heureux. Il ne le savait pas alors, mais il s'en apercevait maintenant, il se souvenait, par exemple, de leur déjeuner de la veille, dans le calme de l'appartement, avec l'air et les bruits de la rue qui lui parvenaient comme par vagues; puis quand il faisait la vaisselle et que son fils rangeait les assiettes dans l'armoire qui sentait toujours le torchon humide.

La veille aussi, il avait déjà bu, honteusement, deux ou trois petits verres, mais ces verres-là avaient produit leur effet, lui avaient donné le décalage qu'il était parvenu à doser avec tant d'exactitude.

Il était en bas, tout en bas de l'échelle, soit; le sort s'était acharné sur lui et continuait à s'acharner, mais les rues où il traînait son amertume et ses révoltes s'enveloppaient de poésie; ses malchances, ses misères, ses lâchetés faisaient partie d'un monde familier.

Toutes les forces mauvaises de l'univers se liguaient contre François Lecoin et François Lecoin courbait l'échine, rentrait les épaules comme sous une averse : il allait quand même son petit bonhomme de chemin, il tenait encore la rampe d'une main crispée, buvait son petit verre par-ci par-là et allait sonner aux portes.

« — *Vous êtes sûr que vous n'avez pas besoin d'un homme intelligent, courageux, honnête, à qui il n'a manqué jusqu'ici que l'occasion de montrer sa valeur?* »

Ces gens-là ne savaient pas, ne pouvaient pas savoir, et lui parlaient de la crise.

La preuve, justement, de son importance, c'est l'arsenal dont le Destin usait contre lui. Il y avait des années que cela durait, qu'on l'attaquait sur tous les fronts, qu'on le traquait dans ses moindres retranchements.

Les voisins et les fournisseurs croyaient que cela avait commencé quand Germaine était partie pour l'hôpital. En réalité, elle était malade depuis très longtemps. Depuis une fausse-couche, six mois à peine après leur mariage. Et pourquoi, dans les deux meilleures places qu'il avait eues, ses patrons avaient-ils fait faillite?

Il avait descendu la pente, c'est vrai. Il en était arrivé aux expédients. C'est exact qu'il avait écrit des lettres humiliantes, exact aussi qu'il passait vite devant la plupart des boutiques du quartier parce qu'il devait de l'argent à tout le monde. Et il avait eu une entrevue pénible avec le directeur de l'hôpital, pour le supplier de garder Germaine bien qu'il n'eût pas payé sa note depuis plusieurs mois.

Il était bas, mais pas encore tout en dessous. Il n'avait pas perdu le sens de lui-même. C'était une lutte entre François Lecoin et toutes les forces liguées de la terre. Il perdrait peut-être la partie, *mais on ne l'aurait pas,* même si un jour il devenait semblable aux clochards hirsutes et goguenards qui dorment sous les ponts.

— Pourquoi ne finis-tu pas ta côtelette, Bob?

Le gamin ne se doutait pas que cela pourrait être la dernière, que son père avait encore une vingtaine de francs en poche.

— Je n'ai plus faim.

— Tu sais bien qu'il faut manger quand même.

Pourquoi? Il l'ignorait. C'était une phrase qu'il avait entendue pendant toute son enfance et qu'il se contentait de répéter.

— Mange!

— J'ai mal au ventre.

— Tu avais mal au ventre avant de te mettre à table?

— Non. C'est de manger qui me fait mal. Je n'ai pas faim.

— Alors, tu vas aller te coucher.

— Je ne suis pas malade.

Pour la première fois, il comprenait que cette logique-là, ces mots qu'il prononçait n'étaient pas de lui, mais de sa mère. Pendant des années, il les avait redits sans le savoir. Peut-être, comme Raoul le prétendait, avait-il continué à penser, non par lui-même, mais à travers des générations de Naille et de Lecoin.

C'était terrifiant. Si Raoul avait raison, il n'y avait plus rien, aucune base, aucune certitude, pas même un souvenir sur quoi s'appuyer.

— Même ta photo avec ta femme, tiens! Ta photo de mariage! Regarde-la bien, mon garçon.

Vous avez pris tous les deux, à votre insu, la même pose que les ancêtres, avec le même sourire faux, la même imitation de bonheur pour photographies de noces.

C'était vrai. On aurait pu superposer les portraits de l'album. Il n'y aurait eu que les manches à gigot, les favoris et les pointes de faux cols à ne pas coïncider.

Est-ce que Bob, lui, qui ne pouvait s'empêcher d'observer son père à la dérobée, mais qui détournait chaque fois les yeux sous son regard, pensait déjà tout seul?

Dans ce cas, c'était plus terrible que tout.

Et si Germaine, à ce moment, alors qu'ils se levaient de table, était morte?

Il ne savait plus ce qu'il devait ressentir. Il était sans émotion personnelle et il n'osait pas se servir de celles qu'on lui avait apprises.

— La plus belle fin de carrière pour une femme, la fin logique, c'est d'être veuve! avait ricané Raoul. J'ai eu deux femmes pour ma part. Je ne sais pas trop pourquoi, d'ailleurs, je les ai épousées, mais j'ai eu soin de les quitter à temps. Un veuf, c'est différent, ça a quelque chose d'indécent et, quand j'étais petit, j'étais persuadé que cela sentait mauvais. J'ai dû entendre dire ça par maman, qui n'aimait pas les hommes en général et qui, heureusement pour elle, a eu plus que son compte de veuvage. En somme, si on se donne la peine de compter, elle a vécu aussi longtemps veuve que mariée.

— Je ferai la vaisselle, papa, dit l'enfant comme son père allait se nouer autour des reins le tablier qui pendait à un clou. J'aime autant faire ça que lire, tu sais.

— Tu es sûr?

— Du moment que les filles ne me voient pas!

Il le laissa dans l'appartement. Il ne savait plus

où était le bien et le mal. Il n'y avait plus de bases, rien qu'un grand vide autour de lui.

Et il était tout seul, minuscule, pitoyable, à graviter obstinément dans ce vide comme un insecte qui retombe toujours au fond de la coupe de verre.

Pas une aspérité à laquelle s'accrocher.

Voilà ! Il avait trouvé ! La veille, il y avait des aspérités. Il y avait des odeurs. Par exemple, l'odeur des côtelettes sur le poêle, avec le grésillement de la graisse. Cela avait un sens. Cela se rattachait à d'autres odeurs, à d'autres côtelettes, c'était comme un lien avec des années révolues et avec son enfance. Or, il venait de cuire deux côtelettes sans remarquer leur odeur.

L'étalage du fruitier, avec ses relents d'Espagne — il n'avait jamais vu l'Espagne, mais tous les fruitiers de Paris sont Espagnols et leur boutique sent l'Espagne...

Simplement des bouffées d'air chauffé par le soleil de midi, avec l'asphalte brûlant qui y mêle sa pointe d'épices...

Des sons, des reflets, le geste du garçon de bar passant son torchon sur le zinc et les taches blanches de ses manches de chemise...

Deux jambes de femme devant lui, ou encore, le soir, l'atmosphère de fête foraine que prenait la rue de la Gaîté, les cornets de crème glacée dans les mains des passants, des gros seins de filles du peuple gonflant des corsages en soie artificielle aux couleurs crues...

Et le coin de chez Popaul, les trois femmes qui chassaient dehors, leurs sourires fatigués et la lampe de l'hôte trop tôt allumée au-dessus de la porte...

Il y en avait une, celle qui devait être occupée la veille au soir, qu'il observait depuis plus de six mois, et parfois il avait d'elle une envie dou-

loureuse à force d'acuité, physiquement douloureuse.

Il ne lui avait jamais parlé. Elle était plus
âgée que la bonniche, plus jeune que l'Adjudant.
Il l'avait vue s'éloigner avec des quantités d'hommes différents et, chaque fois, il avait imaginé la
scène dans ses plus petits détails, un peu comme
la scène de l'oncle Léon et de la servante.

Il l'avait entendue parler à Popaul, d'une voix
un peu voilée. Il connaissait son geste pour ouvrir
son sac à main en cuir rouge.

Elle portait toujours un tailleur bleu marine,
un chemisier blanc et ce sac rouge qui s'harmo-
nisait avec son chapeau cerise d'où sortaient des
boucles brunes.

Elle n'était ni triste, ni gaie. Elle était indiffé-
rente. Elle avait pris l'habitude, en entrant, de
regarder dans son coin. Une seule fois, elle lui
avait lancé un coup d'œil qui signifiait :

— Tu viens?

Et il se promettait toujours d'y aller le lendemain, il lui arrivait de préparer l'argent dans
une pochette de son portefeuille.

Il y avait encore le soir, quand il s'accoudait à
la fenêtre et que Bob dormait, quand l'appartement était sombre et silencieux derrière lui et
qu'il regardait les fenêtres éclairées. Il voyait
un pan de ciel, des étoiles, parfois la lune entre
les toits. Qu'on le veuille ou non, il faisait partie
d'un tout, même si ce tout était hostile.

Aujourd'hui, le monde n'avait plus de goût,
plus d'odeurs, plus de reflets et il s'agitait à vide,
comme quand on pédale, à la foire, sur des vélos
fixés au sol, simplement pour faire tourner les
aiguilles d'un compteur.

Il ne regardait même pas le boulevard Denfert-
Rochereau. Il ne se rendait pas compte que le
cimetière était un peu plus loin, avec ses murs
gris et ses arbres. Il y avait des gens qui étaient

heureux d'habiter en face du cimetière, à cause de la verdure.

— Et du bon air ! aurait ajouté sa mère.

Il était si las qu'il décidait d'aller se coucher et de dormir tout de suite en rentrant de l'hôpital. Pour cela, il fallait que Germaine ne fût pas morte, car sa mort entraînerait des complications et il n'avait pas le courage de les affronter aujourd'hui.

Qu'elle ne soit pas morte, mon Dieu ! S'il le faut, qu'elle meure la nuit prochaine, ou demain, dans deux ou trois jours.

Qu'on me donne le temps de me coucher !

— Ton père est fatigué, Bob. Mais non, il n'est pas malade. Seulement très fatigué. Tu vas être bien gentil, ne pas t'effrayer, ne pas faire de bruit.

Il passerait vingt-quatre heures entières dans son lit, à remettre les choses au point.

Il ne fallait pas non plus que son frère vînt le déranger. Il valait mieux prévenir Raoul, lui donner n'importe quelle excuse.

Peut-être achèterait-il une toute petite bouteille d'alcool. Mais alors il ne lui resterait plus d'argent du tout.

Il devenait indispensable qu'à un moment donné il prît la décision de ne plus boire, ne fût-ce que pour montrer à Raoul que, contrairement à ce qu'il prétendait, ce n'était pas une fatalité qui pesait sur lui.

Si seulement il avait mille francs à sa disposition ! Il y avait des mois qu'il attendait d'avoir mille francs d'un seul coup, qu'il ne disposait jamais que de sommes insuffisantes, de sorte que le problème de l'argent se posait à nouveau chaque jour ou chaque deux jours, et que cela épuisait son énergie.

Au moment d'entrer à l'hôpital, il souhaita de toutes ses forces :

— Pas aujourd'hui !

Que Germaine ne soit pas morte, qu'elle ne meure pas aujourd'hui. C'était comme une incantation, et il l'accompagnait d'un geste de son pouce qui traçait une petite croix sur sa poitrine.

Au guichet, ce n'était pas la fille rousse qui ne l'aimait pas, mais une femme d'un certain âge, qu'il n'avait pas encore vue.

— On a opéré ma femme ce matin, dit-il. Mon nom est Lecoin. Elle est à la salle 15.

Des gens attendaient sur des chaises, de ces sortes de gens qu'on ne voit jamais que dans les hôpitaux et qui doivent pourtant exister quelque part ailleurs dans la vie.

— Allô !.. Oui... Lecoin Germaine... Salle 15...

Elle parlait à voix très basse en tenant sa main autour du combiné.

— Bien... Oui...

Elle raccrocha, le regarda tranquillement et prononça :

— Elle est morte une heure après l'opération.

-:-

Pendant une heure, il ne fut qu'un fétu. On le déplaçait sans qu'il en eût conscience, le faisant attendre sur une chaise devant une porte, puis sur une banquette devant une autre porte.

Il signait des papiers, il écoutait, faisait des efforts pour comprendre exactement ce qu'on lui disait et pour être compris, mais il n'était pas sûr que le contact fût établi.

Il avait vu Germaine, dans une curieuse salle où il y avait deux autres mortes sous des draps. Il n'était pas retourné salle 15, il n'avait pas vu le lit vide à côté de Mlle Trudel, à qui il n'avait pas apporté des douceurs, comme sa femme le lui avait recommandé. Il le ferait. Il se promettait de le faire.

— Je ne sais pas, monsieur. Demain, j'aurai sans doute de l'argent et je pourrai prendre une décision. Je me trouve dans une situation difficile. Demain certainement...

Car il fallait payer pour enterrer Germaine. On lui suggérait de s'adresser à une entreprise de pompes funèbres qui se chargerait de la ramener rue Delambre et d'installer une chapelle ardente.

Est-ce que c'était possible? On s'étonnait de le voir hésiter. Comment ferait-il pour vivre avec Bob, avec le corps dans l'appartement? On ne pouvait le mettre que dans la salle à manger. Où prendraient-ils leurs repas?

Il savait bien que c'est ainsi que ça se passe, avec, le jour de l'enterrement, une tenture noire brodée d'une initiale en argent à la porte de l'immeuble.

— Oui, monsieur. J'y vais tout de suite.

A la mairie. Il marcha dans la rue. Il ne s'arrêta pas pour boire. Il parlait tout seul le long du trottoir.

— Si seulement elle avait pu attendre jusqu'à demain...

Il aurait pu se reposer et il se serait à nouveau senti d'attaque. On le faisait exprès de le bousculer. Personne ne semblait comprendre. On l'écœurait avec des tracasseries.

— Vous avez un extrait de naissance?

— Je crois que j'en ai un à la maison, dans le livret de famille.

— Allez le chercher.

Il y alla. Il pensa à Bob.

— Ta maman, mon pauvre Bob...

Puis, quand il entra dans l'appartement, il trouva son fils qui regardait des photographies de l'album et oublia de parler. Ou plutôt il dit pour lui-même :

— Où ai-je mis le livret de famille?

— Maman est morte, papa?

Bob n'avait pas bougé et sa main droite tenait en suspens une page de l'album.

— Oui, mon garçon.

Il était distrait.

— Il faut que je porte tout de suite un papier à la mairie.

— Je peux aller avec toi?

— Non!

— Laisse-moi y aller!

— Non! cria-t-il, pris d'une colère subite, éparpillant les papiers du secrétaire et mettant enfin la main sur le livret.

Il s'arrêta sur le seuil.

— Reste ici. Sois sage. Je t'en supplie, Bob, sois sage! Ce n'est pas le moment de m'énerver.

Il était exaspéré.

— Vous avez deux témoins?

— J'ai un papier de l'hôpital et le permis d'inhumer.

— Il vous faut deux témoins.

— Des témoins de quoi?

— Prenez n'importe qui dans la salle d'attente.

C'était incohérent et il ne cherchait plus à comprendre, il répétait ses nom, prénoms, date de naissance, puis les mêmes détails pour Germaine, la date de leur mariage.

— Des enfants?

Il dit d'abord un, tant il pensait peu à sa fille qui vivait en Savoie.

— Pardon. Deux!

On devait le prendre pour un fou. Avec tout cela, il n'allait pas pouvoir aller ce soir chez Popaul. Il fallait trouver de l'argent, coûte que coûte, et le coûte que coûte, cette fois, était vraiment impératif.

Il était impossible de laisser Germaine sans

l'enterrer. Peut-être étaient-ce toutes ces complications qui l'empêchaient d'être ému?

Est-ce que son frère, dans une occasion pareille, lui donnerait l'argent? Si c'était vrai que Marcel n'avait rien à dire dans son ménage, il valait mieux s'adresser tout de suite à Renée. La trouverait-il chez elle à cette heure?

— Ma femme est morte! dirait-il.

Elle répondrait :

— Mon pauvre François!

— J'ai besoin d'argent pour l'enterrer. Si je n'en trouve pas, je ne sais pas ce qu'ils feront de son corps. Est-ce que vous voulez qu'on dise que votre belle-sœur est partie dans le cercueil des indigents? Moi, cela m'est égal. Elle porte le même nom que vous.

Au fait, la campagne électorale pour le Conseil municipal allait commencer. Elle était virtuellement commencée.

— Je ne crois pas que cela arrange les affaires de Marcel qu'on puisse prétendre que sa famille...

— Cimetière d'Ivry, lui dit l'employé en lui tendant une feuille.

— Mais nous sommes à deux pas du cimetière Montparnasse!

— Vous avez un caveau de famille?

Il y en avait un, celui des Naille, en marbre rose, où ses parents avaient encore trouvé place. Maintenant, il était plein.

— Le cimetière est plein aussi, répliqua l'employé. A présent c'est Ivry qui travaille.

De sorte qu'il faudrait un corbillard automobile et des voitures.

— Je n'ai pas d'autres formalités à remplir?

— Je vous conseille de vous adresser aux Pompes funèbres.

Derrière lui, un homme d'une trentaine d'années ne paraissait pas moins dérouté. Il venait déclarer une naissance.

— Vous avez des témoins?

Il faisait très chaud. Dans les taxis qui se dirigeaient vers la gare on voyait des fauteuils transatlantiques, des articles de pêche, parfois un canoë en équilibre sur le toit.

Des dizaines, des centaines de milliers de gens étaient sur les plages, en maillots multicolores, et dans les hôtels on dressait les couverts sur des nappes blanches, avec deux ou trois fleurs dans une flûte en cristal ou en métal argenté.

Ils n'étaient jamais allés qu'à Seine-Port, au bord de la Seine, en amont de Corbeil. Marié, il avait continué d'y aller et Bob avait cueilli des noisettes dans les fourrés où son père en avait cueilli à son âge.

Tout bougeait dans les rues et il avait l'impression que c'était lui qui était arrêté. Il fallait faire quelque chose, tout de suite. Il avait besoin d'argent pour enterrer Germaine. Il ne se rendit pas compte qu'il était boulevard Raspail, ni qu'il passait devant la maison où il avait connu sa femme. Ce n'était plus une boutique de brocanteur. La devanture avait été modernisée, peinte en mauve, et une banderole encore fraîche annonçait des « permanentes » au rabais pendant les mois d'été.

Il attendit l'autobus au coin du boulevard Montparnasse. Si Renée allait être partie en vacances? C'était probable. Ce serait un miracle de la trouver à Paris. Elle avait l'habitude de se rendre à Deauville avec Marcel, puis de passer septembre dans leur maison de campagne du Loiret.

S'ils n'étaient pas à Paris ni l'un ni l'autre, qui resterait-il? Raoul? Il n'était pas sûr que Raoul eût de l'argent et il était encore moins sûr qu'il en donnerait.

François n'avait plus rien à vendre, pas même

sa montre. Son alliance était mise en gage, comme les vieux bijoux de Germaine. Cela s'était fait pendant qu'elle était à l'hôpital, de sorte qu'elle n'en avait rien su et qu'elle parlait encore à Mlle Trudel de l'opale de tante Mathilde.

Il resta sur la plate-forme de l'autobus et, regardant glisser les pans de maisons, tendit machinalement sa monnaie. Il descendit à l'Odéon et c'était là qu'il était né, dans l'immeuble qui fait l'angle de la rue Racine, un immeuble cossu où il y avait un ascenseur hydraulique qui paraissait toujours devoir s'arrêter entre deux étages.

Il regarda les fenêtres qui n'avaient plus les mêmes rideaux et où l'on voyait une cage avec un canari.

Il faisait le reste du chemin à pied, traversait le boulevard Saint-Germain où son père passait quatre fois par jour pour se rendre à son bureau et pour en revenir — le matin il lisait le journal en marchant à pas lents et réguliers et en fumant sa première cigarette.

Il avait envie de dire aux gens, tout à trac :
— Germaine est morte.

Ils comprendraient peut-être qu'il y avait quelque chose de changé, que ce n'était pas sa faute, qu'il lui fallait vraiment de l'argent, pas pour lui, mais pour elle.

Depuis assez longtemps on le choisissait pour cible et on lui envoyait toutes les catastrophes.

Qu'est-ce qu'ils feraient, tous autant qu'ils étaient, s'il s'asseyait là, au bord du trottoir et s'il leur disait merde ?

On n'avait pas le droit d'exiger de lui plus que de qui que ce fût. Il y avait des limites. Il faudrait bien qu'on s'occupe de Germaine, qu'on s'occupe de Bob et d'Odile, la gamine qu'on ne pouvait pas laisser éternellement chez les paysans de Savoie sans payer sa pension.

De lui aussi.

Déjà on commençait à se retourner sur lui, et pourtant il ne gesticulait pas, il se contentait de regarder autour de lui d'une certaine façon. Un peu comme Raoul. Raoul avait raison de les mépriser, de mépriser tout le monde et lui-même par surcroît. C'était lui qui était dans le vrai.

Que Renée soit seulement à Paris, qu'elle le reçoive — car c'était encore un problème d'arriver jusqu'à elle — et on verrait.

— Un marc! Dans un grand verre!

Il s'était décidé brusquement, alors qu'il allait atteindre les quais. Il ne buvait pas pour obtenir un décalage, cette fois, ni pour épaissir son brouillard, mais, au contraire, pour voir clair et nu.

Raoul avait raison. Il fallait voir nu. Renée devait encore être excitante, nue, malgré ses quarante ans et ses deux filles. Celles-là, Marie-France et Monique, ne manquaient de rien, n'avaient pas à craindre les catastrophes. Il les connaissait à peine. Il avait tout juste été invité avec Germaine à leur première communion et ils avaient dû acheter des cadeaux.

Rien qu'à les habiller, on dépensait plus qu'il n'en fallait pour nourrir une famille.

Pas si bête! S'il sonnait à leur porte, ce serait trop facile de répondre que Madame n'était pas là.

— Donnez-moi un jeton, s'il vous plaît.

Il composa le numéro de l'appartement du quai Malaquais. Et ce fut la voix de sa belle-sœur qu'il reconnut au bout du fil.

— C'est vous, Renée?

Elle hésitait, mais il était trop tard.

— Je vous ai reconnue. Ici, François.

Un silence.

— Il est indispensable que je vous voie tout de suite.

— Impossible, mon pauvre François. Toute la famille est à Deauville. C'est un hasard que vous m'ayez trouvée, car j'ai juste fait un saut à Paris avec la voiture pour voir mon dentiste. Je repars dans quelques minutes.

— Cela ne fait rien.

— Avant que vous ayez le temps d'arriver, je serai en route. Le chauffeur est occupé à charger les bagages.

— Je suis à cent mètres de chez vous.

— Mais...

— Je vous rejoins tout de suite. Germaine est morte !

Et en revenant au comptoir, il commanda :

— La même chose ! En vitesse !

4

GERMAINE est morte!

Cela l'exaltait de répéter ces mots à mi-voix et il aurait voulu les crier à gorge déployée, comme si c'était leur faute à tous, ou comme si cet événement le grandissait personnellement. N'est-ce pas avec le même frémissement qu'il avait annoncé jadis à ses collègues de bureau :

— J'ai un fils!

Germaine était morte, et lui, François Lecoin, tournait l'angle de la rue Bonaparte et des quais, se dirigeant d'un pas ferme vers l'appartement de Marcel qui l'avait toujours impressionné.

— Vas-y seul, François! suppliait Germaine quand une occasion presque solennelle rendait leur présence nécessaire quai Malaquais. Je ne me sens pas à mon aise chez ton frère.

Elle ne disait pas :

— Chez Renée.

Mais c'est ce qu'elle pensait.

Il avait toujours été troublé aussi. Et toute la famille, en somme. Sa mère disait volontiers aux gens, avec l'air de ne pas y toucher, en parlant de Marcel :

— Mon fils qui habite quai Malaquais...

De même qu'il existait un vocabulaire propre à la famille, dont les mots n'avaient de sens que pour ceux qui avaient été élevés dans le sérail, il existait une géographie des Lecoin-Naille, qui tenait à peu près tout entier dans un seul quartier de la rive gauche, mais avec quelles nuances infiniment subtiles !

Les Naille, par exemple, bien que leurs entrepôts et leurs bureaux eussent toujours été de l'autre côté de l'eau, boulevard Richard-Lenoir, habitaient, au temps de leur splendeur, deux étages reliés par un escalier privé (ce qui formait une sorte d'hôtel particulier) dans la partie calme du boulevard Saint-Michel, face au jardin du Luxembourg.

C'étaient eux les riches, à cette époque-là, et pourtant sa mère avait toujours été vexée du fait que ses beaux-parents Lecoin vivaient dans la plus aristocratique rue Saint-Dominique.

Le ménage issu des deux familles, le père et la mère de François, s'était installé, lui, place de l'Odéon, ce qui était un peu la classe au-dessous.

Et François, continuant à descendre la pente, avait encore reculé et atteint l'autre bord du boulevard Montparnasse. Pour sa mère, c'était déjà presque Montrouge.

Ainsi la famille en arrivait-elle, par un des siens aux quartiers populaires, ou plutôt aux quartiers mêlés, douteux, tandis que Marcel, lui, remontait le courant et s'installait dans un des plus orgueilleux immeuble du quai Malaquais.

— Face au Louvre! ricanait Raoul, en exagérant un tout petit peu.

C'était d'autant plus imprévu que le vieil Eberlin, source de nouvelle fortune, s'était obstiné toute sa vie à habiter une étrange villa, sorte de pavillon de banlieue au jardinet entouré de grilles, au cœur même de Charenton.

Tout le monde, au fond, avait été un peu ulcéré par l'ascension de Marcel, François comme les autres, et le maître d'hôtel qui servait le porto en gants blancs était devenu une manière de symbole.

On invitait rarement la famille, quand il n'y avait pas moyen de faire autrement à moins de rompre complètement les liens. Ce n'était pas un logis où l'on entre en passant pour dire bonjour, et, chaque fois qu'il tournait l'angle de la rue Bonaparte, François regardait avec une rage sourde cet immeuble où il n'avait pas sa place.

C'était une trahison. Marcel, par le cadre dont il s'entourait, signifiait qu'il n'avait plus rien de commun avec les siens.

Mais à présent Germaine est morte, et François s'en allait tout seul faire face à sa belle-sœur.

C'était une femme splendide, une sorte de Junon grande et bien faite, une femelle, une chaude garce, s'il fallait en croire Raoul qui, ayant passé sa vie aux colonies, savait, Dieu sait comment, tout ce qui concernait la famille.

Raoul précisait qu'elle avait un tempérament si ardent qu'il ne lui avait fallu que deux ans pour pomper toute la vitalité de leur frère.

C'était vrai que, très jeune, Marcel s'était desséché, terni, qu'en même temps que ses cheveux devenaient prématurément rares, il avait pris cet air fatigué qui n'était pas sans distinction.

— Tu crois qu'elle le trompe?

— Elle ne le trompe pas. Elle ne trompe personne. Elle fait l'amour, simplement autant qu'elle peut, de toute sa chair, sans rater une occasion. On prétend qu'une nuit, dans un cabaret, elle était tellement excitée par un de ses compagnons qu'elle a glissé sous la table avec lui et qu'ils ont forniqué, à l'abri d'une nappe, au milieu de cinquante personnes.

Marcel était à Deauville. Les petites devaient s'y trouver aussi avec leur gouvernante. Ils y louaient chaque année une villa, à moins que, depuis peu, ils en eussent acheté une.

— Germaine est morte! répétait-il une dernière fois en sortant de l'ascenseur qui ressemblait à une sacristie.

Et quand Renée ouvrit elle-même la porte en chêne sculpté de l'appartement, il lança à nouveau, comme un cocorico, bien qu'il le lui eût déjà dit par téléphone :

— Germaine est morte!

— Mon pauvre François!

Elle était prête à sortir, ainsi qu'elle le lui avait annoncé. Pour une fois, elle n'avait pas menti. Elle portait un chapeau à fleurs, aérien, une robe de soie que les grands couturiers devaient considérer comme une robe de campagne, et il émanait d'elle un parfum sourd et entêtant.

Il avait vu sa grosse voiture en bas, étincelante dans le soleil, avec Firmin, le chauffeur, qui lisait un journal du soir sur le siège.

— C'est terrible, n'est-ce pas?

Alors lui, la regardant dans les yeux, ce qu'il n'avait pas souvent osé faire :

— Pourquoi serait-ce plus terrible qu'autre chose?

— Quand cela a-t-il eu lieu?

— Vers midi. Un peu plus tard.

— Pauvre femme!

— Vous croyez, Renée?

— Que voulez-vous dire?

— Elle avait si peu envie de vivre!

Sa belle sœur était brune, avec une chair pleine et drue, de lourds cheveux qui tombaient sur la nuque. Ils se tenaient debout tous les deux dans le hall d'entrée qui faisait penser à un hall de château, plutôt qu'à celui d'un appartement parisien, et le soleil était découpé menu par les vitraux d'une fenêtre gothique.

— Je suppose, François, que vous êtes embarrassé et que vous auriez voulu voir Marcel?

Elle ne savait pas encore; elle lui parlait comme elle lui avait toujours parlé, répétait les mots de convention.

— Pourquoi Marcel? questionnait-il simplement.

Et elle commença à s'étonner; à chaque réplique, elle s'étonnait davantage, tandis que cela le fouettait de la sentir se troubler.

— C'est votre frère n'est-ce pas?

— Si peu, Renée!

Elle avait dû préparer un chèque, dans le bref espace de temps entre son coup de téléphone et son arrivée, ou peut-être quelques billets de banque; ses doigts tripotaient la fermeture de son sac à main, qu'elle n'osait pas encore ouvrir.

— Quand ont lieu les obsèques?

— Je ne sais pas. Je n'y ai pas réfléchi.

— Vous l'avez fait ramener chez vous?

— Vous pensez que c'est nécessaire? Nous connaissons si peu de monde! A cette époque de l'année la plupart des gens sont en vacances.

Raoul, la veille, parlait un peu ainsi, mais chez lui c'était plus violent, plus vulgairement agressif.

François, lui, avait l'air de dire des choses toutes naturelles, d'une voix à peine un peu plus vibrante que sa voix normale.

Elle se demanda sûrement s'il était ivre. Elle devait être seule dans l'appartement et elle eut malgré elle un coup d'œil craintif à la porte entrouverte derrière elle. Néanmoins, il y avait, même dans cette maison des rites qu'il fallait suivre bon gré.

— Vous prendrez bien un porto, François? Je m'excuse de vous recevoir si mal, mais il y a ce soir un gala au casino et...

Elle comprenait aussitôt que ce n'était pas une chose à dire à un homme qui vient de perdre sa femme.

— Je vous demande pardon.

— Pas du tout. C'est parfaitement naturel. J'espère que vous vous amuserez bien.

De tout temps, elle avait eu l'impression qu'il avait envie de mordre, mais jadis c'était sournois et son humilité le forçait à sourire.

— Porto? Whisky?

— Whisky, si cela vous est égal. J'ai moins souvent l'occasion d'en boire.

Elle avait espéré qu'il ne la suivrait pas dans le fumoir où, en faisant glisser un des panneaux, on découvrait le bar. Avant, il serait resté sagement à sa place, mais aujourd'hui il marchait sur ses talons, très à son aise, regardant ses hanches gonfler la soie crème de la robe.

Elle savait qu'il pensait qu'elle était seule et elle le pensait aussi.

Elle était à sa merci. Il pourrait la tuer, par exemple. Pourquoi pas?

— A votre santé, François. Je m'excuse de ne pas aller vous chercher de la glace dans le frigidaire, mais les domestiques ont dû débrancher avant de partir. Je crois que si Marcel était ici il serait heureux de vous aider. Vous... vous êtes toujours dans la même situation?

— Toujours chômeur, oui.

C'était la première fois qu'il s'appliquait à lui-même ce mot cru et cela l'excitait presque autant que son sempiternel :

— *Germaine est morte!*

— Vous vous êtes renseigné sur le prix des funérailles décentes?

Ça c'était bien la fille du vieil Eberlin, qui avait amassé des millions pour finir ses jours tout seul dans une bicoque de banlieue avec une bonne à moitié impotente, sans autre distraction que d'arroser ses fleurs et d'arracher les mauvaises herbes!

— Je n'y ai pas encore pensé, Renée.

— Alors...

Elle se décidait à ouvrir son sac. Il devinait le chèque entre ses doigts. Cinq cents? Mille?

Il ne s'était jamais senti aussi surexcité de sa vie. Il aurait aimé que Raoul fût là pour le voir, et même Germaine. Heureusement que Renée était une spectatrice capable d'apprécier. La preuve c'est que, ce chèque, elle ne le sortait pas, qu'elle ne regardait plus sa montre-bracelet et que, depuis quelques instants, elle évitait même de fixer son beau-frère en face.

— En réalité, voyez-vous, Renée, l'événement important de la journée n'est pas la mort de Germaine. Comme je vous l'ai dit tout à l'heure, elle ne tenait pas tant que ça à vivre.

— Vous l'aimiez, François? dit-elle d'un ton de reproche, comme au théâtre.

Même ces gens-là, la fille d'un Eberlin, qui se faisait posséder sous la table d'un cabaret, ça éprouve le besoin d'exprimer des sentiments délicats.

Comme sa mère!

— Vous croyez, Renée?

Il s'amusait à prendre un air réfléchi.

— Eh bien! voyez-vous, moi, je ne le crois pas. Nous étions habitués l'un à l'autre, un point c'est tout. Et ce n'est pas tellement agréable.

— Vous avez bu?

— A peine.

— Ecoutez, François, je...

Il était décidé à ne pas se laisser faire. Il voyait venir le coup. Elle allait le pousser doucement vers la porte et lui tendre le chèque pour parent pauvre en bredouillant :

— Excusez-moi, il faut absolument que je parte...

Non ! Pas aujourd'hui. Cela ne prenait plus. Il préférait encore l'autre solution; celle qui consistait à la tuer ne lui déplaisait pas tellement, car il pourrait la violer par la même occasion.

On s'était moqué de lui assez longtemps, exactement pendant trente-six ans, et son jour était arrivé. Il ne tenait pas, en rentrant chez lui, rue Delambre, à rencontrer le regard grave de son fils qui, depuis quelque temps, avait l'air de se demander :

« — Est-ce que mon papa vaut moins qu'un autre? »

Car il ne se trompait pas. C'était le sens des paroles que le gamin avait prononcées pendant qu'ils déjeunaient, après avoir longtemps hésité :

« — Tu es plus intelligent que le père de Justin? Et que l'oncle Marcel? »

C'est justement ce qu'on allait voir. Il n'avait rien à perdre, tout à gagner. Il avait touché le fond. Il ne pouvait pas descendre plus bas et Germaine était morte, qui ne lui lancerait plus de petits coups d'œil méfiants quand il entrerait dans la salle 15 et qui ne lui pousserait plus de colles au sujet du fameux M. Maghin.

On lui avait assez menti et on l'avait assez forcé à mentir. S'il devait lui arriver de le faire encore, ce ne serait plus pour les autres, pour leur éviter de la peine ou pour avoir l'air bien élevé, mais pour lui.

— Je ne vous ai pas encore dit, Renée, quel est l'événement de la journée qui est plus important que la mort de ma femme.

— Il ne peut rien y avoir de plus important, François.

— Pour elle, peut-être. Pour moi, sûrement. Et même pour vous.

— Je ne vois pas ce que je viens faire là-dedans.

— L'événement, c'est justement que vous êtes ici, que j'y suis et que j'ai quelque chose à vous dire.

— Ecoutez, François, vous allez finir par me faire croire que vous n'êtes pas dans votre état normal.

Elle avait un peu peur et se forçait à rire. Elle avait un petit rire de gorge qui rendait un son voluptueux, presque équivoque, comme sa voix légèrement rauque qui faisait irrésistiblement penser à l'amour.

— Ce n'est pas le moment de dire des bêtises.

— C'est vrai. Vous avez un gala à Deauville et moi j'ai un rendez-vous d'affaires dans le quartier.

— Alors, vous voyez !

— En sortant d'ici, je dois aller voir M. Gianini.

Le merveilleux, c'est qu'il avait échafaudé cette histoire pendant son court trajet en autobus, et que l'idée lui était venue en voyant le nom de Gianini au bas d'une affiche électorale déjà lacérée.

— Vous parlez d'Arthur Gianini ?

Son front se plissait, ses sourcils se rapprochaient. Ils ne s'étaient assis ni l'un ni l'autre. Les volets, dans le fumoir, étaient restés fermés et le tapis était roulé contre un mur. Elle marqua que quelque chose venait de changer en s'appuyant des deux fesses au bord de la table, ce qui signifiait qu'elle n'avait plus tout à fait la même hâte de le voir partir.

Afin de sonder le terrain, elle murmura :

— Il vous offre une place dans ses magasins de
la rue de Buci?

Allons! Ce n'était pas tout à fait vrai qu'il avait
improvisé son histoire en cours de route. Même
dans son for intérieur, c'était devenu une habitude de donner un coup de pouce à la vérité.
La réalité, c'est que, au temps où il vivait dans
son brouillard — et c'était hier encore! — il lui
arrivait de se raconter des histoires, sans imaginer qu'un jour elles pourraient devenir vraies.

Raoul n'était quand même pas infaillible et il
s'était trompé en le prenant pour un mouton.
L'histoire du vieux monsieur décoré prouvait qu'il
n'en était pas un, et ce n'était qu'une histoire
entre mille, qui avait bien failli se réaliser.

C'était surtout le soir, entre chien et loup,
quand les lumières électriques se mêlant aux dernières lueurs du jour donnaient à la ville un faux
air de théâtre, que, chez Popaul, en suivant de
l'œil les allées et venues des filles, il échafaudait
ces plans-là, avec d'autant plus de minutie que cela
ne l'engageait à rien, que ce n'était pas destiné à sortir de son cerveau.

Parmi les habitués de l'Adjudant, il avait remarqué un vieux monsieur très bien, habillé à la
perfection, soigné dans ses moindres détails, qui
portait la rosette de la Légion d'honneur.

De tous, il était le plus anxieux quand il suivait la fille, à quelques pas de distance, pour entrer à l'hôtel et pour en sortir.

— Celui-là, avait dit une fois l'Adjudant en
buvant un verre au comptoir, il a beau me payer
chaque fois le prix de dix autres, j'aimerais autant ne plus le revoir. Je me demande où ces
vieux-là vont chercher leurs idées. Il y a quand
même des choses qui révoltent et j'ai dans l'idée
qu'un jour ou l'autre cela tournera mal.

C'est de cela qu'il était parti. Le vieux monsieur était probablement père de famille grand-

père. C'était un homme à la tête d'une affaire importante, d'un conseil d'administration ou d'un grand service de l'Etat, peut-être un haut magistrat comme le grand-père Lecoin?

Or, il avait des vices capables de dégoûter une prostituée chevronnée telle que l'Adjudant.

François, s'était mis à se raconter :

— ... Je commencerai par le suivre, ce qui n'est pas difficile. Quand je saurai où il habite, je me renseignerai...

Ses histoires s'accompagnaient toujours d'images précises et, dans son esprit, le vieux monsieur entrerait dans un hôtel particulier du quartier qu'il connaissait, du côté du boulevard Saint-Germain, rue de Grenelle, par exemple, ou même rue Saint-Dominique, où ses grands-parents avaient habité.

— Une fois au courant de ses affaires, je n'aurai qu'à attendre, la fois suivante, sa sortie de l'hôtel. Je serai bien convenable, pas menaçant du tout. Souriant. J'enlèverai mon chapeau. Je lui dirai gentiment :

« — Excusez-moi de vous aborder dans la rue, M. X..., mais il y a longtemps que j'ai le désir de travailler pour vous et je me permets de profiter de l'occasion qui se présente. Je suis persuadé (un regard négligent à l'hôtel borgne) que nous sommes faits pour nous entendre. »

Il l'avait réellement suivi, un soir, et c'était plus difficile qu'il n'avait pensé, à cause du mouvement de la rue. Il ne l'avait pas suivi bien loin, jusqu'à la gare Montparnasse, où le vieux monsieur était entré dans un taxi, et il n'avait même pas entendu l'adresse qu'il donnait au chauffeur.

Il aurait pu le filer un autre soir, car l'histoire était déjà vieille. Il ne l'avait pas fait parce qu'à cette époque les plans qu'il échafaudait de la sorte n'avaient pas d'importance. C'était pour son plaisir. Il se racontait des histoires et il aimait en changer souvent.

Il y en avait d'autres, de plus innocentes et de plus terribles, et certaines d'entre elles n'étaient peut-être pas perdues tout à fait. Raoul, qui croyait tout savoir, aurait été surpris de découvrir ce qui fermentait dans la tête de son frère.

Renée, qui ne savait pas non plus, mais qui commençait à avoir des pressentiments, lui parlait du bout des lèvres, en sachant que ce n'était pas vrai, d'une place dans les magasins de Gianini, et il haussait les épaules.

— Vous me voyez vendre de la romaine et des harengs dans le quartier que mon frère représente au Conseil municipal?

Elle mordilla ses lèvres charnues que le rouge gras et luisant rendait plus indécemment évocatrices.

Dès à présent, il était sûr d'avoir gagné la partie.

Il n'était plus le même homme.

Germaine était morte.

-:-

C'était un petit homme râblé, massif, entre deux âges, qui se disait tantôt d'origine corse et tantôt d'origine italienne. Il prétendait qu'il avait débuté dans la vie en vendant de la crème glacée et des marrons chauds dans les rues, ce qui était probablement vrai.

Il avait été garçon de café aussi, dans une brasserie du boulevard Saint-Michel, puis dans une boîte de nuit des environs.

Si l'appartement du quai Malaquais représentait assez bien la partie élégante, raffinée — avec un petit parfum d'ancienneté — du quartier Saint-Germain-des-Prés, le magasin de Gianini, rue de Buci, était comme le centre rayonnant de toutes les ruelles étroites et surpeuplées du même quartier.

Entre une crémerie et un bistrot, c'était un étrange établissement, qui avait déjà dévoré deux boutiques et qui en dévorerait d'autres. L'été, il n'y avait pas de porte, pas de vitres à la devanture. C'était une sorte de hall ouvert à la rue, haut en couleur, bariolé, bruyant, grinçant, plein d'odeurs fortes, où les ménagères se poussaient dans un tintamarre incessant.

« *Gianini vend moins cher.* »

On voyait partout des bandes de calicot, avec des mots écrits en grandes lettres maladroites, rouges, vertes ou bleues; il y en avait au-dessus des tas croulants d'oranges et des régimes de bananes, au-dessus des choux, des petit pois, des pêches et des salades, du rayon de boucherie et de l'étal aux poissons.

Dominant l'ensemble, le slogan de la maison :
« *Le peuple de Saint-Germain-des-Prés est* [*honnête.*

« *Servez-vous vous-même.*

« *Nous n'avons pas le temps de contrôler.*

« *Nous avons confiance.*

« *Payez en sortant.* »

Les ménagères pesaient elles-mêmes leurs fruits, choisissaient leurs merlans ou leurs tranches de lotte. A la boucherie, des steaks s'entassaient, tout débités, et les côtelettes, avec une étiquette indiquant leur prix.

Un haut-parleur, du matin au soir, déversait de la musique, s'interrompant parfois pour une annonce joyeuse.

« N'oubliez pas, mesdames, que l'article sacrifié aujourd'hui est le savon. »

Gianini, toujours de bonne humeur, toujours familier, amical, retenant le nom de chacune, allait et venait parmi la foule comme un roi bienveillant parmi ses sujets.

Est-ce sa popularité qui lui avait donné l'idée de se présenter aux élections municipales, et le fait qu'il y avait beaucoup d'Italiens dans le quartier?

Au contraire, ne s'était-il mis à vendre au rabais qu'en vue des profits qu'il ferait une fois élu conseiller?

Cela n'avait pas d'importance. C'était un concurrent si dangereux pour Marcel Lecoin, qu'à six mois des élections celui-ci avait déjà fondé un petit journal qui lui coûtait fort cher.

Les affiches commençaient à paraître sur les murs — pas encore sur les panneaux qui ne seraient installés qu'à l'automne.

Plusieurs fois, François était passé devant chez Gianini et cela le troublait de voir la foule s'emparer de la marchandise à un rythme obsédant que soulignait le haut-parleur, de voir surtout l'argent tomber comme une pluie dans les trois caisses enregistreuses installées à la sortie.

Cela ne le troublait pas moins de voir, au milieu de cette effervescence, le petit homme aux larges épaules garder son calme, sourire, plaisanter, l'œil à tout.

Les Lecoin, les Naille dégringolaient, de père en fils, serraient toujours un peu plus les épaules et les fesses, finissaient presque par marcher de biais, tandis que celui-là, sorti du ruisseau, brassait l'argent avec une imperturbable allégresse.

Avait-il des enfants, des fils? Les avait-il mis au collège? Peut-être à Stanislas? Sans aucun doute certains héritiers pâles et anémiques des gros appartements bourgeois se moquaient-ils d'eux et de leur odeur de boutique?

Bob aurait-il aimé voir pour père un Gianini?

Ces pensées-là dataient du temps où François se racontait des histoires.

Le petit Italien exerçait alors sur lui une véritable fascination et il tournait autour de lui, en pensée, échafaudait des travaux d'approche.

Pourquoi Gianini, en vue des élections, ne fonderait-il pas un journal, lui aussi, comme Marcel?

Il lui faudrait quelqu'un de cultivé, sachant écrire.

— Je suis bachelier. J'ai l'habitude de rédiger. Pensez à l'avantage de voir les articles signés par le frère de votre adversaire.

Il imaginait la tête de Marcel, sa rage froide. Il imaginait un coup de téléphone fort plausible.

— J'ai besoin de te parler tout de suite, François.

— Excuse-moi, mais je suis très occupé.

Alors, Marcel baissait le ton.

— Quand puis-je te rencontrer?

— Voyons! Peut-être après-demain, vers 9 heures du matin?

Exprès, parce que son frère avait l'habitude de se lever tard. Accepterait-il les propositions de Marcel?

Or, voilà que toutes ces rêveries étaient dépassées. Il tenait le bon bout. En quelques minutes, parce que Raoul avait fait irruption chez lui, parce que Germaine était morte, il avait cessé de tirer ses plans dans le vide.

— Non, Renée, il ne s'agit pas de travailler comme commis dans son magasin. Pas même comme caissier ou comme comptable. Vous savez que Gianini a des ambitions politiques. On prétend qu'un siège à l'Hôtel de Ville rapporte plus gros qu'un mandat de député et même qu'un portefeuille de ministre.

— Vous exagérez, François.

Ella s'était assise d'une fesse sur le coin de la table et il voyait s'agiter nerveusement sa jambe luisante sous la soie.

Elle tira une cigarette d'un étui en or, l'alluma avec un briquet en or aussi, souffla la fumée devant elle.

— Excusez-moi. Je ne pense pas à vous en offrir.

— Cela ne fait rien. Gianini n'est pas très instruit, ce qui lui interdit d'aborder personnellement tout un domaine de la propagande électorale. Sans doute a-t-il entendu parler de moi par des amis. Il envisage de lancer un journal...

— Dont les articles seront signés du nom de Lecoin, je suppose?

— J'ignore encore si je prendrai un pseudonyme. Nous n'en sommes pas là. C'est ce soir que nous devons discuter ces détails.

— J'ai compris.

— Vous avez compris, n'est-ce pas, que le fait que mon frère s'occupe de politique ne peut m'empêcher de songer à ma situation. J'ai un fils, une fille. Jusqu'ici, je me suis effacé.

Elle se laissa glisser de la table et se dirigea vers le bar où elle se servit à boire en disant :

— Eh bien, François, voilà en effet des nouvelles.

Elle eut son petit rire.

— Je vous félicite. C'est dommage que Marcel ne soit pas ici pour parler de ça avec vous.

— Je ne crois pas, Renée, que la présence de Marcel ait une utilité quelconque.

— Asseyez-vous, François. Ou plutôt servez-vous d'abord.

— Je ne tiens pas à boire ce soir. Je bois très peu, vous savez.

— Asseyez-vous.

Le faisait-elle exprès, en s'installant en face de lui dans un profond fauteuil de cuir, de montrer ses jambes beaucoup plus haut que les genoux?

Au début, elle le regarda par petits coups, comme pour mesurer les changements qui s'étaient produits en lui.

— Quand vous êtes arrivé, je vous avoue que j'ai cru que vous étiez ivre. Remarquez que j'aurais compris que, sous le coup de l'émotion, vous ayez bu.

— Je n'étais pas ivre.

— Je sais.

Elle s'habituait à le regarder en face. Elle n'était pas encore tout à fait sûre de son opinion.

— Je suppose que vous n'avez pas une affection particulière pour Gianini? Entre lui et votre frère?...

— Je n'ai pas d'affection pour mon frère non plus.

— Ni pour moi, bien entendu! lança-t-elle dans un éclat de rire.

— Pour vous, c'est différent. Cela ne s'appelle en tout cas pas de l'affection. On verra plus tard.

— Combien Gianini vous a-t-il offert pour sa campagne électorale?

— Les chiffres ne sont pas définitifs. Voyez-vous, Renée, j'ai toute une garde-robe à monter. Je ne crois pas non plus que je puisse continuer à habiter le logement de la rue Delambre. Vous-même n'avez jamais daigné y mettre les pieds. J'aurai fatalement d'assez gros frais de représentation.

Il avait le trac, tout à coup, au moment de lancer un chiffre. Il s'était tellement habitué à l'humilité qu'il craignait de frapper trop bas.

La garce le sentait. Elle ne faisait rien pour l'aider, encore qu'elle lui adressât un petit sourire encourageant.

— J'allais oublier les obsèques de Germaine, car le fait reste que Germaine est morte et que son corps est toujours à l'hôpital.

— Gianini le sait?

— Pas encore.

Il en était de l'Italien comme du fameux rempailleur de chaises, M. Maghin. Chaque phrase le rendait un peu plus réel, un peu plus proche. Bientôt, François se figurait qu'il avait vraiment rendez-vous avec lui ce soir-là.

— Écoutez-moi, Renée. Vous êtes pressée et je le suis. Il est probable que je n'entrerai pas aujourd'hui dans les détails. Il me signera un chèque de dix mille francs pour mes besoins les plus urgents et nous verrons plus tard. Dites à Marcel que je regrette, que je ferai l'impossible pour n'être pas trop méchant.

C'était fini. Elle sortait de son sac un minuscule carnet de chèques, au lieu du chèque tout rédigé destiné au parent pauvre. Son porte-plume était en or, comme l'étui à cigarettes, le briquet, comme son lourd bracelet-montre.

Elle écrivait.

— Voilà, François. Je ne crois pas qu'il soit nécessaire de voir Arthur Gianini. Un coup de téléphone doit suffire. Dites-lui que vous avez réfléchi et qu'en fin de compte vous préférez travailler pour votre frère. J'ai un nouveau rendez-vous à Paris mercredi prochain avec mon dentiste. Téléphonez-moi vers 16 heures.

Elle ajouta, au moment de lui serrer la main devant la porte :

— Mes condoléances, François! Au fait, je n'ai plus rien à faire ici. Je descends avec vous.

Il l'accompagna jusqu'à sa voiture, dont Firmin tenait la portière ouverte.

— Vous ne voulez pas que je vous dépose quelque part?

— Merci, Renée. Mon souvenir à Marcel.

Il n'était pas 18 heures et beaucoup de magasins étaient encore ouverts.

Avant tout, il brûlait de se rhabiller des pieds à la tête.

Il sauta dans un taxi découvert et l'impatience le talonnait ou point qu'il guettait les horloges.

5

Il fit arrêter le taxi au coin du boulevard Montparnasse, en face de la terrasse du *Dôme*, où les gens n'avaient rien à faire que regarder les passants en buvant l'apéritif, et il pénétra dans la rue Delambre, cherchant déjà des yeux la grose horloge de M. Pachon.

Il tenait par la ficelle un paquet dont le papier brun portait le nom d'un magasin du boulevard Saint-Michel. C'étaient les souliers qu'il avait achetés pour Bob. Car il avait pensé à Bob aussi. Il y avait pensé tout le temps. C'était même à lui qu'il pensait en essayant son complet dans le magasin élégant où, depuis des années, il avait décidé qu'il s'habillerait un jour.

Pendant qu'il se regardait dans le miroir à trois faces, la question du chèque lui gâtait un peu son plaisir, toujours à cause de l'éducation qu'il avait reçue, une éducation de fessé, comme disait Raoul. Il avait peur, tout à l'heure, à la caisse, d'être pris pour un escroc.

Sa première idée avait été d'acheter un complet noir, un vrai vêtement de deuil qui, aux yeux de Bob et de toute la rue Delambre, voire aux yeux de Marcel et de Raoul, ferait de lui un veuf plein de dignité.

A l'étalage, il avait vu un costume en fil à fil gris, très fin, léger et souple, comme il rêvait d'en porter depuis l'âge de dix-huit ans.

— C'est que je suis malheureusement en deuil ! objecta-t-il au vendeur qui le lui essayait.

— Permettez-moi de vous donner une opinion personnelle. Nous sommes au plus fort de l'été, cher monsieur, et vous allez probablement voyager, prendre des vacances, partir en auto. Pour moi, ce costume gris, d'un gris sans fantaisie, remarquez-le, accompagné d'un chapeau noir, de linge blanc et d'une cravate mate marquerait un deuil à la fois sobre et distingué. Peu de gens, de nos jours, surtout dans la meilleure société, s'imposent un deuil strict à l'ancienne mode.

Les vêtements tout faits lui allaient généralement, car il n'était ni gras ni maigre.

— Vous le gardez sur vous, je suppose ? Je vous fais livrer le vôtre, ou tenez-vous à l'emporter tout de suite ?

— Je vous laisserai mon adresse.

Il y eut le petit moment désagréable qu'il appréhendait depuis qu'il était entré dans le magasin. Devant la caisse, il tendit son chèque, que le vendeur examina d'un air embarrassé, regrettant peut-être de lui avoir laissé le complet sur le corps.

— Vous permettez un instant ? Je suis obligé de consulter le patron.

C'était évidemment une drôle d'idée d'acheter un costume après la fermeture des banques, n'ayant en poche qu'un chèque de dix mille francs, surtout quand on ne laissait dans le magasin qu'un vêtement usé jusqu'à la trame.

Le patron était un petit homme gras tiré à quatre épingles, noir de poil, parfumé, avec un accent zézayant. Lui aussi tourna et retourna le chèque entre ses doigts bagués comme s'il allait exécuter un tour de prestidigitation.

— Cette dame a le téléphone? questionna-t-il enfin poliment, mais sans enthousiasme.

— Elle a le téléphone, mais elle vient de partir pour Deauville. C'est ma belle-sœur, la femme du conseiller municipal.

— Vous êtes le frère du conseiller? Je vois que vous vous appelez Lecoin également.

— Je suis son frère.

— Puis-je vous demander si vous avez sur vous une pièce d'identité?

Il la sortit en rougissant de son portefeuille.

— Je ne pourrai vous remettre ce soir la différence sur la somme entière, mais je vous signerai un reçu. Si vous voulez passer demain matin après l'ouverture des banques, je vous donnerai le reste.

— Il s'agit d'un deuil éprouva-t-il le besoin d'expliquer. C'est pourquoi je suis pressé.

Rien qu'à cause d'un détail aussi sordide, il se repentait presque de n'avoir pas acheté le complet noir qui aurait davantage confirmé ses dires.

— Votre femme?

— Ma femme, oui.

Il avait obtenu mille francs en billets. Il était tard. Il avait perdu beaucoup de temps et il s'en voulait. Il était impatient, anxieux, de rejoindre Bob. Comme il y avait un marchand de chaussures à côté, il en avait acheté pour lui d'abord, puis pour le gamin, dont il connaissait la pointure. On lui avait promis de les échanger si elles n'allaient pas. Par la même occasion, il s'acheta des chaussettes noires, puis, quelques maisons plus loin, toujours sur le boulevard Saint-Michel, un chapeau de feutre noir, des chemises unies, deux cravates en soie mate.

Jamais il n'avait autant acheté en si peu de temps et il pensait toujours aux minutes qui s'écoulaient. Il lui faudrait encore s'occuper des Pompes funèbres. Cela viendrait après. Ces bureaux-là ne ferment pas, même la nuit.

Il était en proie à une sensation curieuse, à une sorte de vertige, à un besoin d'aller de l'avant, très vite, de faire beaucoup de choses sans reprendre haleine. Il ne savait déjà plus comment ni à quel moment précis l'impulsion lui avait été donnée, mais il avait l'impression qu'il ne fallait à aucun prix que cela s'arrêtât. Poussé par elle, il reprit un taxi jusqu'à la rue Delambre.

Il sentait le tissu neuf. L'idée ne lui vint pas d'entrer dans un bistrot pour boire un verre. Qui sait ? Peut-être allait-il en profiter pour cesser tout à fait de boire.

Si Bob ne l'avait pas attendu, il aurait vu tout de suite les commerçants de sa rue à qui il devait de l'argent. Il en devait à peu près à tous et il lui était soudain intolérable qu'ils puissent s'imaginer qu'il était un pauvre homme incapable de les payer.

Mais Bob était là-haut et il serait bientôt l'heure de dîner. Le gamin avait une passion, qu'il avait rarement l'occasion d'assouvir : celle des coquilles de homard à la mayonnaise, que l'on voit, si alléchantes, dans la vitrine des charcutiers.

A travers les devantures, on devait le regarder passer, si différent du Lecoin miteux et furtif qui avait quitté la rue Delambre quelques heures plus tôt. Les gens ne savaient pas encore. Il ne ressentait plus aucune lassitude. Il n'avait plus la moindre envie de se porter malade, de s'étendre pour quarante-huit heures en remettant son sort au hasard.

C'était une envie qu'il avait eue si souvent! S'arrêter de penser, de s'inquiéter, redevenir comme un enfant ou comme un infirme dont d'autres ont à prendre soin.

Pour lui, il n'y avait personne, il n'y avait jamais eu personne.

— Donnez-moi des coquilles de homard, s'il vous plaît.

— Combien?

Il hésita.

— Quatre !

Deux coquilles pour chacun. De quoi émouvoir Bob aux larmes.

— Si vous voulez me remettre ma petite note, madame Blaizot, j'en profiterai pour la régler.

Pourquoi n'achèterait-il pas un saint-honoré à la crème? Il devait de l'argent au pâtissier aussi. C'était juste en face de chez lui. Mme Boussac le verrait sortir du magasin. Il importait que tout le quartier apprît le plus vite possible qu'il n'était plus le petit employé sans place qui mendie du crédit.

Du coup, la rue Delambre lui semblait plus cordiale, plus sympathique, avec son laisser-aller, son mélange intime d'êtres si différents qui suivaient isolément leur destinée, et il se demanda si c'était vraiment utile de déménager. Du trottoir, il regarda ses fenêtres ouvertes, ne vit personne. Il passa devant la loge de la concierge en pensant :

— Elle ne sait pas encore.

Cela prendrait trop de temps de payer maintenant ses termes en retard et il ne voulait pas se démunir de tout son argent liquide. Ce serait pour le lendemain. En somme, il allait faire une bonne farce à Mme Boussac, qui enragerait de ne plus l'avoir pour passer sur lui ses mauvaises humeurs. Celles-ci ne lui étaient pas moins nécessaires qu'à sa mère les traîtrises du sort.

Il montait les marches trois à trois. Il était si ému, en approchant de chez lui, que des larmes lui montaient aux yeux, qui n'étaient pas des larmes de tristesse.

Il en était sorti, enfin !

Ses mains en tremblaient au moment de glisser la clef dans la serrure. Ses jambes étaient molles. Il entra, les paquets en équilibre sur son bras gauche, et il tressaillit en entendant des voix.

Bob n'accourait pas pour l'accueillir, comme il l'avait imaginé. François traversait l'antichambre, anxieux, mécontent, apparaissait, assez raide, dans le cadre de la porte de la salle à manger rouge du soleil couchant.

On le regardait sans rien dire. Bob était attablé, une serviette autour du cou, devant une tarte à la crème. Il paraissait gêné cependant que Raoul, les bras de sa chemise troussés jusqu'aux coudes, renversé dans le fauteuil, un verre à la main, fumait un cigare très noir.

Au lieu de savourer la surprise administrative de son fils, comme il se l'était tant promis, c'est le regard de son frère qu'il chercha machinalement, car il savait que Raoul avait tout vu du premier coup d'œil.

— Je ne pensais pas te trouver ici, dit-il froidement.

— Il y a une bonne heure que je tiens compagnie à mon neveu. Nous sommes allés ensemble faire quelques achats dans le quartier. Il ne voulait pas me suivre. Il prétendait qu'il t'attendait et qu'il ne pouvait quitter l'appartement à aucun prix.

Bob était honteux, comme d'une trahison. Il regardait le nouveau costume de son père, mais sans rien dire.

— Je t'ai apporté des coquilles de homard, Bob.

L'enfant devait comprendre sa déception, car il essayait de manifester de l'enthousiasme, alors qu'il n'avait évidemment plus faim.

— Merci, papa. Je les aime tant ! Merci, tu sais !

Il n'osait pas continuer à manger sa tarte. Il n'osait pas non plus se lever.

— Je t'ai acheté aussi des souliers.

— A semelles de crêpe ?

— Exactement ceux dont tu as envie.

— Je peux les voir ?

Il défaisait le paquet avec soin, mais pas comme il l'aurait défait s'ils avaient été tous les deux.

— Et un saint-honoré ! ajouta son père avec un coup d'œil vers la tarte à la crème.

Raoul se taisait, l'observait avec un drôle de sourire. Ce n'était pas son sourire habituel et, au fond, il n'était pas si à son aise que ça. Il refusait d'être dupe. Or, lui, qui se flattait de tout comprendre, ne comprenait pas et il ne pouvait s'empêcher d'être troublé.

Il parut même gêné quand François déplaça la bouteille de cognac qu'il avait apportée et déjà entamée.

— J'ai pensé que tu n'aurais probablement rien à boire.

— Je n'ai pas envie de boire.

— Qu'ils sont beaux ? Je peux les essayer, papa ?

— Va les essayer dans ta chambre.

— Je finirai la tarte tout à l'heure, dit-il à l'adresse de son oncle.

Il n'avait plus peur de celui-ci. Ils semblaient avoir fait la paix, tous les deux, et François se demandait avec inquiétude ce que son frère avait pu raconter au gamin.

Encore que la porte de la chambre à coucher ne fût pas tout à fait fermée, Raoul grommela :

— Ainsi, elle est morte !

Et, sans attendre ce que son frère pourrait lui dire sur ce sujet :

— Tu as vu Marcel?

Son regard s'était arrêté un instant sur le complet et sur les achats somptueux.

— Non, je n'ai pas essayé de le voir.

Raoul ne pensa pas à Renée, de sorte qu'il cherchait en vain la solution du problème.

— Regarde, papa. Ils me vont. Ils ne sont pas trop petits. Ils ne me font pas mal. Je peux les garder aux pieds jusqu'au moment d'aller dormir?

— Viens ici, mon garçon.

La présence de Raoul, à son arrivée, avait bousculé ses plans. Il s'était rendu compte, en route, qu'il avait à peine annoncé à l'enfant la mort de sa mère, et il s'était promis d'en parler avec plus de solennité. C'est par hasard, à cause de son frère, que les souliers, les coquilles et le saint-honoré étaient passés avant.

— Tu es un petit homme, n'est-ce pas? Ces derniers mois, nous avons fait bon ménage, tous les deux. Tu n'as pas été trop malheureux?

— Mais non, papa.

Raoul en profitait pour se verser à boire et allait se camper devant la fenêtre.

— Eh bien! Bob, dorénavant, nous serons toujours nous deux. Je te promets de faire tout mon possible pour remplacer ta maman.

L'enfant regardait son père avec calme.

— Je sais. Maman est morte, dit-il d'une voix où l'on ne discernait pas d'émotion.

— Elle est morte, Bob. J'étais trop ému et trop préoccupé tout à l'heure pour t'en parler comme j'aurais voulu le faire.

François avait prévu qu'à ce moment il le prendrait dans ses bras, mais le gamin, songeur, abaissa son regard vers ses souliers, puis se dirigea lentement vers sa chambre.

— Tu es très malheureux, Bob?

— Non.

Cette fois, il referma la porte derrière lui.
Raoul se retourna, observa son frère un bon moment, laissa tomber comme s'il venait de faire une découverte :

— En somme, te voilà veuf !

— Le petit t'a dit quelque chose ?

— A quel sujet ?

— Je ne sais pas. Au sujet de sa mère. A mon sujet.

— Nous n'avons pas parlé de toi. Il m'a appris la mort de Germaine, puis nous avons parlé de la brousse, des éléphants, des lions et des boas constrictors.

François n'en était pas si sûr et il sentait s'infiltrer en lui un sentiment qui ressemblait à de la jalousie.

— Il n'a pas eu un peu peur de toi, quand tu es entré ?

— Tu voudrais bien qu'il ait peur de moi, hein ? Au fond, tu es furieux que nous soyons devenus bons amis.

— Puisque tu es ici, j'ai un service à te demander. Je préfère ne pas laisser Bob seul ce soir. D'autre part, il faut régler avec les Pompes funèbres les détails de l'enterrement.

— Tu ne l'as pas fait ?

— Je n'en ai pas eu le temps.

Il devait savoir, par l'enfant, à quelle heure François avait quitté la maison. Il y avait bien l'achat du complet et des autres petites choses. Il y avait eu aussi l'hôpital, et la mairie. Mais le reste du temps ? C'était évidemment la question que Raoul se posait : où son frère était-il allé pour se procurer de l'argent ?

— Tu fais ramener le corps ici ?

François regarda la salle à manger qu'il faudrait transformer en chapelle ardente, hésita. Non ! Ce n'était pas possible de vivre avec Bob, de dormir, de manger, à côté d'une chambre mortuaire.

— Je crois qu'il vaut mieux pas. Néanmoins, j'aimerais qu'il y ait un drap noir à la porte de l'immeuble et que le cortège parte de la maison.

Il ajouta en portant la main à son portefeuille ouvert, de façon que son frère vît les billets de banque :

— S'il y a quelque chose à payer tout de suite..

— Inutile. *Je sais que tu as de l'argent.*

Parce que c'était un autre homme que Raoul avait devant lui et pas seulement d'autres vêtements, c'est ce qu'il voulait dire. Il n'était pas content, car il ne comprenait pas encore, et aussi cela avait été trop vite, cela ne s'était pas passé comme il l'avait prévu. Il avait l'air presque inquiet.

— Tu veux bien te charger de ça? Fais pour le mieux. Je ne tiens pas à jeter de la poudre aux yeux, mais je veux que ce soit très bien.

— L'église?

— Bien entendu.

— Une messe?

— Si tu crois que c'est préférable à une simple absoute. Germaine était très pieuse.

Ils l'avaient été tous. Il n'avait pas demandé à Raoul s'il allait encore à l'église, tant il était sûr du contraire. Depuis des années, il n'y allait pas non plus bien que, les derniers temps, il lui fût arrivé d'en avoir envie.

Est-ce que Marcel et Renée pratiquaient? Si oui, c'était une question purement électorale.

— J'y vais, soupira Raoul en rabattant les manches de sa chemise et en boutonnant les poignets. Peut-être, après, monterai-je un instant te voir? Je m'assurerai, de la rue, qu'il y a de la lumière.

Il se tint debout en face de son frère et celui-ci se demandait ce qu'il allait dire.

— Alors, cela n'a pas été trop dur?

94

— Quoi? questionna François qui comprenait bien qu'il n'était pas question de Germaine.

— Ne fais pas l'idiot. Pas avec moi. Jamais avec moi, mon garçon. Salut.

Il y avait presque une menace dans sa voix. Il n'était pas content. Pourquoi regardait-il ostensiblement la porte de la chambre à coucher? Sa mauvaise humeur avait un rapport avec Bob. Il y avait quelque chose dans sa tête au sujet de Bob. Mais quoi?

Quand il eut cessé d'entendre le pas de son frère dans l'escalier, François resta un moment immobile devant la table en désordre, puis se dirigea vers la chambre, ouvrit lentement la porte.

Son fils, assis sur son lit, examinait avec attention le mécanisme d'un revolver qui imitait à la perfection une arme véritable.

La question était superflue, mais François la posa.

— Qui t'a donné cela?

— Oncle Raoul. Il est parti?

— Oui.

— Il m'avait dit qu'il me conduirait peut-être au cinéma. Si tu le permettais, bien entendu.

— On ne va pas au cinéma quand on est en deuil, Bob.

— C'est vrai. Pardon.

— Viens manger.

— Je vais mettre la table.

Il se sépara à regret de son revolver qu'il posa bien en évidence, afin de n'avoir pas trop à le quitter des yeux, dressa le couvert pour deux tandis que son père, dans la cuisine, où il fallait déjà allumer l'électricité, faisait chauffer l'eau pour le café.

— Tu as un beau costume.

— Tu l'aimes?

— Oui. J'aime quand tu es habillé.

Puis, un peu plus tard :

— J'aurai un costume neuf aussi?

— Oui.

— Avant l'enterrement?

— Nous irons l'acheter demain.

— Un costume noir?

François préféra ne pas répondre.

— Quand est-ce que nous irons voir maman? On l'a laissée dans la même chambre?

— Je ne sais pas, Bob.

— Pardon, dit-il pour la seconde fois.

Et cela frappa son père. Il n'avait jamais remarqué aussi nettement la crainte que son fils avait de faire de la peine. N'est-ce pas à cause de cela qu'il s'était inquiété du départ de Raoul? Il n'avait pas pu lui dire merci, ni au revoir.

— Tu auras encore un peu faim pour les coquilles, malgré la tarte?

— Oui. Peut-être que je n'en mangerai pas deux. J'en garderai une pour demain. C'est oncle Raoul qui a voulu que je mange la tarte tout de suite. Je n'ai pas osé refuser.

— Cela ne fait rien.

— Tu es triste, papa?

Il faillit répondre que non, pensant que son fils faisait allusion aux coquilles et à la tarte. Il comprit à temps qu'il s'agissait de la mort de Germaine.

— C'est un grand malheur, Bob. J'essayerai de toutes mes forces que tu ne sois pas malheureux.

— Moi aussi, dit l'enfant en lui touchant furtivement le bras.

— Mangeons.

— Oui.

— C'est bon.

— Oui. Il y a bien un an que nous n'en avons pas mangé.

Enfin, après un assez long silence, d'une voix hésitante :

— Tu as vu mon nouveau revolver? C'est exactement comme un vrai. Il est plus perfectionné que celui de Justin.

Un air bleuté envahissait les coins de la pièce alors que le rectangle des fenêtres restait lumineux, cuivré.

Ils mangeaient lentement, tous les deux, devant la nappe blanche, tandis que les bruits de la rue montaient en s'atténuant entre les maisons et qu'une brise, parfois, gonflait un des rideaux.

— Tu ne m'en voudras pas, papa? Je n'ai vraiment plus faim.

Il n'essayait pas de faire croire qu'il avait mal au ventre. François n'avait plus faim non plus. Il avait pour la mayonnaise de homard la même prédilection que son fils et il avait mangé sa coquille machinalement, sans la savourer.

La bouteille de cognac, qu'on avait posée sur le buffet, ne le tentait pas. Peut-être en avait-il fini avec l'alcool?

Il avait retiré son veston neuf, sa cravate. Il avait noué sa serviette autour du cou pour ne pas tacher sa chemise immaculée et il prenait garde à ne pas froisesr son pantalon de fil à fil.

— Il faut que tu ailles dormir, maintenant, mon petit Bob. Je m'occuperai de la vaisselle.

Il ajouta, sachant que cela ferait plaisir au gosse, qui l'avait lavée seul à midi :

— Chacun son tour.

C'était les mettre tous les deux sur un pied d'égalité.

— Demain, ce sera le mien, accepta le gamin, en homme. Tu me permets de jouer cinq minutes avec mon revolver? Juste cinq minutes!

Et il alla regarder l'heure à la grosse horloge que M. Pachon avait remise en mouvement.

Germaine était morte.

Raoul avait dit qu'il passerait peut-être rue Delambre dans la soirée et François avait eu tort de ne pas refuser, alors qu'il était facile de prétendre qu'il allait se coucher tout de suite après dîner.

Cela le forçait à attendre alors que, sitôt la nuit tombée, l'envie l'avait pris, impérieuse, de sortir.

Bob dormait. Il n'avait pas l'habitude de se réveiller pendant la nuit. Pour le cas où cela lui arriverait, il était facile de lui laisser en évidence un billet rassurant :

« *J'ai dû sortir un instant. Ne t'inquiète pas. Dors.* »

Depuis que Germaine n'était plus dans la maison, ils s'écrivaient souvent des billets et Bob avait pris l'habitude de rester seul. Il était capable, au besoin, de préparer son repas, et il était arrivé souvent à François de trouver le couvert mis en rentrant.

C'était un peu effarant; le premier jour de sa liberté, il retrouvait, à l'égard de son fils, le même sentiment de culpabilité qu'il avait toujours eu à l'égard de Germaine.

Tout à l'heure, alors qu'il était accoudé à la fenêtre, les lumières éteintes derrière lui, il avait ressenti, en regardant une femme qui passait lentement sous un réverbère, une brutale poussée de désir, qui, presque, instantanément, s'était cristallisée sur un objet précis. Et il avait évoqué avec minutie, à la façon des maniaques, le petit bar de la rue de la Gaîté, avec ses trois habituées qui entraient et sortaient, déambulaient sur le trottoir et parfois disparaissaient en compagnie d'un homme dans l'hôtel meublé de la rue voisine.

Il n'avait jamais suivi Viviane. Il ne lui avait jamais parlé. S'il connaissait son prénom, c'est

parce qu'il l'avait entendu prononcer par les autres
et par Popaul. Elle était très populaire dans le
petit bar, et brusquement il avait le désir de la
suivre dans une chambre de l'hôtel meublé, il se
mordait les lèvres au sang rien qu'en évoquant
son tailleur bleu et son chapeau rouge.

Si Raoul venait, il serait probablement ivre.
L'était-il déjà un peu l'après-midi, quand il avait
tenu compagnie à Bob?

Il avait bu depuis sans aucun doute. Il avait
atteint le point où l'on est obligé de boire dès
son réveil.

Même s'il ne voyait pas de lumière, il était
capable de monter, de faire du vacarme. Il lui po-
serait, au retour, des questions embarrassantes,
devinerait peut-être, et François avait encore honte
de ses instincts sexuels.

Son envie n'était pas sexuelle, d'ailleurs. Cela
n'avait été qu'une bouffée, et c'était déjà passé.
Ce qu'il voulait, maintenant que c'était possible,
c'était devenir pour Viviane autre chose que le
monsieur aux vêtements râpés qui s'asseyait chaque soir devant le même guéridon, dans un coin
du bar, et qui la regardait de loin avec une timidité farouche.

Ce n'était pas exact non plus. Cela faisait partie
d'un tout, et, dans ce tout, à cause de la présence
de Raoul, chez lui, à son retour, il y avait des
fêlures.

Il n'était plus aussi sûr de lui. Il l'avait pres-
senti, dans le taxi. Il avait compris que, l'impulsion donnée, il ne fallait s'arrêter à aucun
prix.

C'est à peine s'il pouvait encore évoquer, avec
une certaine précision, le rire de sa belle-sœur
et croire à cette sorte de complicité qui s'était
établie entre eux. Pas une vraie complicité. Pas
non plus une compréhension totale, mais enfin
un contact avait eu lieu, il le savait.

Il y avait quelque chose d'envoûtant dans le calme de la rue, des trottoirs où résonnait parfois un pas régulier, dans une musique assourdie qui filtrait d'une boîte de nuit installée quatre maisons plus loin et dont l'enseigne au néon teintait une portion de la rue en violet.

Il avait besoin de commencer. Il était resté trop longtemps en marge. Il étouffait. C'était impératif, à la fois physique et moral, et, s'il attendait son frère trop longtemps, Viviane serait peut-être partie.

Il ignorait jusqu'à quelle heure elle restait dans les environs de chez Popaul. Il n'y était jamais allé si tard. Il ne connaissait pas non plus l'aspect du bar à cette heure de la soirée.

Il ralluma, déchira une feuille dans le cahier où d'autres pages avaient été déchirées pour les mêmes fins, écrivit les quelques mots que son fils lirait s'il se réveillait.

Il guettait les bruits du dehors, le silence de l'escalier. Il faisait vite par crainte de voir surgir Raoul et, dans la rue, il se retourna pour s'assurer qu'il avait éteint la lumière, se mit à marcher à pas précipités, avec, dans la poitrine, une désagréable sensation d'oppression.

C'était, en plus fort, celle qu'il avait eue dans le taxi, quand il lui semblait qu'il était en retard, et qu'il pensait à Bob qui l'attendait.

Pourtant, tout cela était nécessaire. Il faillit bousculer l'Adjudant, qui faisait les cent pas à une certaine distance du bar et qui se retourna sur lui avec étonnement. Elle l'avait reconnu, bien qu'il ne fût pas le même et que ce ne fût pas son heure.

Il décida de ne pas boire, entra dans le bar et, au lieu d'aller s'asseoir à sa place, resta debout au comptoir.

Popaul qui, lui aussi, paraissait surpris, tendait

déjà le bras pour saisir la bouteille de marc.

— Un quart Vichy.

S'il lui arrivait de commettre un meurtre, ou d'être arrêté pour une raison quelconque, quels étranges témoignages feraient ces gens-là?

« *Il venait chaque jour à la même heure, s'as-seyait devant le guéridon du coin et buvait deux verres de marc.* »

Ils ne savaient rien de lui. Il ne leur avait jamais parlé. L'avaient-ils toujours pris pour un veuf?

— Viviane n'est pas ici? questionna-t-il d'une voix qu'il reconnut à peine.

— Elle ne sera pas longue à revenir.

Popaul se penchait pour regarder à travers la vitre.

— Tenez! La voilà qui sort.

L'ombre d'un homme traversait l'obscurité de la petite rue et plongeait dans la foule de la rue de la Gaîté. La fille au tailleur bleu, tranquille-ment, sans se presser, en se dandinant, s'appro-chait du bar.

Elle fut étonnée de le voir debout devant le comptoir et tout de suite il la regarda d'une façon en quelque sorte rituelle qui voulait dire :

— Je vous attends dehors!

De son côté, elle lui fit comprendre, d'un batte-ment de paupières, qu'elle avait compris.

— Une menthe, Popaul.

C'était décidé. Il payait, sortait, pénétrait dans la petite rue et s'arrêtait dans la première tache sombre, tout de suite après le rectangle lumineux de la devanture.

Que disait-elle à Popaul? Quelle réflexion fai-sait celui-ci? Il n'était pas possible qu'ils ne par-lent pas de lui. Ils avaient remarqué tous les deux le complet neuf, plus élégant que ses complets ha-bituels, le chapeau noir, la cravate qui tranchait sur le linge extrêmement blanc.

L'Adjudant s'arrêtait au coin de la rue, repérait son ombre, s'avançait pour le reconnaître. Viviane, qui sortait, lui disait simplement :

— C'est pour moi.

Puis, à François, tout en se dirigeant vers l'hôtel :

— Tu viens?

Il était dérouté. Il n'avait pas pensé que cela se passerait ainsi. Raoul était peut-être en train de faire du bruit à sa porte et de réveiller Bob.

Il y avait un guichet à droite, dans le corridor. Derrière le guichet régnait l'obscurité et c'est à l'obscurité que Viviane parla le plus naturellement du monde.

— C'est moi, madame Blanche.

— Prends des serviettes dans l'armoire, répondait quelqu'un qui se retournait dans un lit.

On franchissait une porte vitrée qui, en s'ouvrant, déclenchait un timbre électrique. Dans un placard, Viviane prenait deux serviettes, s'engageait dans l'escalier peint en blanc, avec le même tapis rouge et les mêmes tringles de cuivre que rue Delambre. La seule différence c'est que rue Delambre l'escalier était en bois verni, déjà vieux et usé.

Il pensa qu'elle venait juste de sortir, peut-être de la même chambre, et il se demanda si elle avait eu le temps de prendre certains soins de toilette.

Ses bras étaient bien tirés. Elle avait un petit air très bourgeois, très convenable. Si elle n'avait pas été si calme, si sûre d'elle, on aurait pu, ailleurs, la prendre pour une jeune fille.

Elle ouvrit une porte surmontée du numéro 7, fit de la lumière et se dirigea vers le lit pour remettre le couvre-lit en place.

C'était bien le lit qui venait de servir et il régnait encore dans la chambre une odeur de savonnette et de désinfectant.

Il ne savait que dire. Il ouvrit son portefeuille,

gauchement, posa un billet de cinquante francs sur la commode et comprit qu'elle s'étonnait.

— Tu comptes passer la nuit?

Sans doute que s'il avait dit oui elle aurait répondu qu'elle n'était pas libre. Elle devait avoir une vie réglée, prendre un autobus ou un métro à telle heure pour rentrer chez elle. Peut-être qu'elle habitait la banlieue, qu'elle avait un enfant?

— C'est pour un moment?

Elle avait retiré son chapeau, sa jaquette. Elle se troussait pour faire glisser sa culotte le long de ses cuisses et celles-ci étaient plus larges qu'il n'avait pensé, la jupe bleue, en se retournant, collait à la chair.

Elle ne le quittait pas du regard et il l'entendit qui s'étonnait :

— Tu te déshabilles?

La poitrine serrée, il ne trouva rien à répondre tout de suite.

C'était un peu comme Bob devant ses coquilles de homard : il y avait trop longtemps qu'il en avait envie.

6

Il n'y arriva pas. Elle l'aidait pourtant de son mieux. Elle avait deviné sa susceptibilité et s'efforçait de ne pas l'observer. Il la sentait néanmoins intriguée. Qui, mieux qu'une fille comme elle, aurait pu connaître toutes les sortes d'hommes? Etait-il possible qu'elle en eût déjà rencontrés de semblables à lui?

Il aurait voulu le lui demander. Depuis longtemps, il avait envie de devenir son ami, pour lui parler librement, encore plus librement qu'à un docteur, et de choses plus variées, plus personnelles.

Aujourd'hui, pour une première fois, il avait l'impression qu'il devait se comporter comme un client ordinaire et il ne parvenait même pas à ses fins.

Peut-être se repentait-elle de l'avoir empêché de se déshabiller? En réalité, elle ne lui avait pas dit de ne pas le faire. Elle avait seulement marqué son étonnement, parce que ce n'est pas l'habitude.

Il le savait. Il avait suivi d'autres femmes, dans des chambres comme celles-ci, des quantités si on faisait le compte, mais jamais dans son quartier. Depuis des années, il allait périodiquement choisir une fille dans les environs du boulevard Sébastopol, et celles-là vous conduisent dans des hôtels miteux qui avoisinent les Halles. A côté de vieilles qui boivent, on en rencontre de très jeunes, qui étaient encore bonnes d'enfants la semaine précédente.

Il n'avait pas choisi le boulevard Sébastopol. C'était un hasard : c'était là qu'il lui était arrivé pour la première fois de suivre une prostituée et il avait continué.

Maintes fois, comme aujourd'hui, il avait été incapable d'aller jusqu'au bout.

— T'es trop nerveux ! lui disaient-elles. Tu dois être en train de te faire des idées. Ça ne vaut rien.

Il savait que c'était plus complexe. Cela arrivait-il aux autres hommes ? Avant même d'accoster la fille ou de lui faire signe, il ressentait comme un choc, une contraction dans la poitrine, qui ressemblait à une crampe d'estomac. Cela le prenait parfois, dès l'instant où il décidait d'aller boulevard Sébastopol et il était oppressé pendant tout le parcours en autobus.

Au lieu de s'atténuer, cela s'aggravait une fois dans la chambre, surtout quand la fille commençait à relever sa jupe.

Il n'était pas possible que cela remontât à l'histoire de l'oncle Léon et de la servante. Il était persuadé que sa mère était responsable aussi. Il se souvenait de la façon dont elle l'épiait, quand il commençait à être pubère. Dès qu'il était seul dans sa chambre ou dans la salle de bains, elle montait l'escalier sur la pointe des pieds et ouvrait brusquement la porte comme si elle était sûre de le prendre en défaut. En outre, elle éprouvait le besoin de mentir. Elle s'écriait en jouant l'étonnement :

— Pardon ! Tu étais là ?

Dans une brochure que lui avait passée un camarade de Stanislas, il avait lu que les pratiques solitaires peuvent rendre un homme impuissant et pendant longtemps il s'était réveillé en sursaut au milieu de la nuit, suant de peur.

Et puis, surtout, il y avait la honte, dont, pour lui, les choses de la chair étaient souillées.

Etait-il normalement bâti ? Pour le savoir, il aurait fallu questionner d'autres hommes et il n'avait jamais osé le faire. Avec Germaine, par exemple, il avait eu l'impression de se comporter normalement.

En dehors d'elle, il n'avait pratiquement eu qu'une liaison, avec la femme de son premier patron. Il était tout jeune. Il venait de quitter le collège.

Quand il parlait de ses études, il disait qu'il était bachelier, mais cela, comme le reste, appelait une correction. Il existait toujours un certain décalage entre ce qu'il disait et la vérité. Sa mère ne faisait-elle pas la même chose ? Et les autres ?

La vérité c'est que, pendant son dernier hiver au collège, il s'était cassé une jambe en glissant sur le verglas. L'os ne s'était pas ressoudé tout de suite — on avait failli intenter un procès au médecin qui avait mal réduit la fracture — et il était resté plus de trois mois au lit. Pour se présenter au baccalauréat, il aurait été obligé de recommencer sa rhétorique.

Il n'en avait plus envie. Persuadé que, de toute façon, il serait recalé, il était las des études. Et c'est ainsi qu'il était entré chez M. Dhôtel, qui dirigeait à cette époque une petite maison d'édition, rue Jacob.

Il n'avait aucun titre précis, puisqu'il était le seul employé, ficelant aussi bien les paquets de livres qu'aidant à la comptabilité. Le bureau, à l'entresol, sentait le papier et la colle et, dans les pièces basses de plafond, M. Dhôtel, qui était grand et gras, faisait figure de géant.

Etait-ce un escroc, comme on l'avait prétendu par la suite? C'était en tout cas un optimiste convaincu, qui ne perdait rien de sa bonne humeur ni de son appétit quand la caisse était vide et qui tapissait les murs avec les papiers jaunes, bleus ou verts des exploits d'huissier. Il avait l'accent belge, le rire sonore.

En dehors de quelques écrivains démodés qui appartenaient à son fonds quand il l'avait racheté, il publiait surtout à compte d'auteur, en particulier des œuvres de femmes.

Sur la fin, il ne se donnait plus la peine de les éditer, bien qu'il se fît payer d'avance, et c'est ce qui lui valut des ennuis. Il avait dû faire de la prison. François ne savait pas au juste ce qu'il était devenu.

Ce n'était donc pas tout à fait par hasard que François avait pensé au journal électoral. Au fond, il n'agissait jamais par hasard. Du temps de la rue Jacob, il lui arrivait de rédiger les placards de publicité, les « prières d'insérer », voire des articles de critique qu'on envoyait à certains petits journaux de province.

— François! Courez donc dire à ma femme que je ne rentrerai pas déjeuner!

M. Dhôtel adorait déjeuner en ville et possédait à fond l'art de se faire inviter dans les meilleurs restaurants. Son appartement était dans la maison voisine et n'avait pas le téléphone. C'était au second. L'escalier était sombre. Mme Dhôtel — elle s'appelait Aimée — vivait la plus grande partie de la journée en déshabillé.

Elle devait avoir une quarantaine d'années, comme Renée, à présent. Au fond, elle ressemblait assez à Renée, en moins moelleux, et en un peu plus maigre.

Etait-ce convenu entre elle et son mari? Toujours est-il que celui-ci envoyait sans cesse François à l'appartement pour une commission ou pour une autre et que, la quatrième fois, il avait trouvé Aimée complètement nue debout au milieu d'un tub en zinc.

— Passez-moi la serviette, voulez-vous, mon petit? Cela m'évitera de mouiller le plancher.

Soupçonnait-elle qu'il était vierge? Elle ne l'avait pas bousculé. Elle avait pris son temps, près d'un mois, peut-être pour faire durer le plaisir? Jusqu'au jour, où, dans la demi-obscurité de l'escalier, elle avait collé sa bouche à la sienne et lui avait enfoncé une langue chaude entre les lèvres.

Chaque fois, par la suite, il devait rester tremblant, redoutant des catastrophes, car elle ne se donnait pas la peine de fermer la porte et il croyait toujours voir surgir un M. Dhôtel outragé.

Elle s'ingéniait à varier les plaisirs; il n'y avait pas un endroit de l'appartement où ils n'eussent fait l'amour. Il lui arrivait de venir au bureau, en fin d'après-midi, et de l'entraîner sur une pile de livres pendant que son mari, dont on entendait distinctement la voix de l'autre côté de la cloison, était en conversation avec un visiteur.

Afin d'aller plus vite, elle ne portait pas de culotte. Elle l'emmena au cinéma, pour jouir de la proximité de la foule, et les voisins devaient savoir ce qu'ils faisaient. Ils allèrent aussi au Bois de Boulogne en taxi; la première fois, cela se passa dans la voiture; la seconde, ils s'enfoncèrent dans les fourrés où quelqu'un qui se cachait à peine les avait regardés.

Malgré ses craintes, avec elle, il arrivait tout de suite à ses fins. Plus facilement qu'avec Germaine, pour qui c'était à peine un plaisir et qui avait toujours honte de ses moindres manifestations, souriant gauchement quand c'était fini comme pour s'excuser, s'empressant de parler d'autre chose, de préférence de choses de ménage.

Est-ce qu'il était vicieux? Peut-être. En toute bonne foi, il ne le croyait pas. Certes, il avait besoin de quelque chose de trouble pour amener le déclic, mais c'était si vague que, s'il était capable de poursuivre obscurément ce quelque chose, il n'aurait pu le définir.

Viviane s'y trompait. Pourtant, il y avait de la sympathie dans sa curiosité, avec peut-être un tout petit peu de crainte, un sentiment qui ressemblait à celui qu'il avait deviné chez son frère à la fin de l'après-midi.

On aurait dit que, tout à coup, il déroutait les gens.

Comme il s'acharnait et qu'elle le sentait malheureux, humilié, elle conseilla doucement :

— Tu devrais te détendre un moment.

Puis, non sans clairvoyance :

— Je parie qu'il y a eu aujourd'hui un événement important pour toi, que tu as été violemment ému. Je me trompe?

Il rougit. Il avait lu dans un roman que les assassins, en particulier ceux qui commettent des crimes crapuleux, qui tuent pour de l'argent, éprouvent presque toujours le besoin, après, d'aller voir les prostituées, pour se détendre, comme elle venait de le dire.

Or, elle le voyait pour la première fois avec des vêtements neufs, élégants, l'air prospère, et elle avait aperçu les billets de banque dans son portefeuille.

Il se hâta de prononcer :

— Ma femme est morte.

Cela ne l'étonna pas qu'un homme fasse ce qu'il faisait le jour de la mort de sa femme. Peut-être en avait-elle vu d'autres? Peut-être cela aussi était-il habituel?

— Je me doutais bien que c'était dans ce genre-là, disait-elle en réfléchissant.

Que pouvait-elle penser de lui, de tous ceux qui l'avaient accompagnée dans cette chambre? Une femme comme l'Adjudant, une fille comme Olga, ne pensaient probablement rien. C'étaient des bêtes. Viviane, elle, avait une autre façon de regarder.

S'attendait-elle à des confidences? C'est fréquent aussi, il l'avait lu. Certains ne suivent les filles que pour se soulager le cœur et l'esprit.

Au fait, qu'était-il venu faire? Un besoin impérieux l'avait pris tout à coup, alors qu'il était tranquillement accoudé à la fenêtre de la rue Delambre, à côté de la chambre où son fils était endormi.

— Cela arrive souvent, tu sais. Il ne faut pas que cela te tracasse.

Elle avait les cuisses larges et blanches comme il les aimait et il osait à peine regarder le triangle sombre de son bas-ventre.

La honte! Toujours la honte! Maintenant, après ce que Raoul lui avait dit, il soupçonnait sa mère de la lui avoir installée sciemment, non pas, comme elle l'aurait sans doute prétendu, pour des raisons de morale ou de vertu, mais méchamment, par haine des joies qu'elle-même n'avait pas connues.

Ces joies-là, elle les leur avait salies d'avance et c'était par protestation qu'il aurait été capable, à présent, croyait-il, de faire n'importe quoi de très sale, de très odieux.

— Je me demandais toujours si c'était pour moi que tu venais.

Il savait bien qu'elle l'avait remarqué à son guéridon.

— C'est à cause de ta femme, que tu ne voulais pas monter?

Il dit oui, ce qui n'était pas vrai. Ce n'était pas à cause de Germaine. Il y avait d'abord la raison qu'il manquait d'argent. Ce n'était pas suffisant et le reste était plus compliqué. Comment lui aurait-il expliqué le mécanisme de son brouillard?

— C'est mauvais d'attendre si longtemps. Tu sais, quand on est gosse et qu'on se promet une joie pendant des semaines?

Cela lui faisait penser qu'elle avait été petite fille, qu'elle avait eu l'âge d'Odile, l'âge de Bob. Comme il avait au moins dix ans de plus qu'elle, elle était encore une gamine alors qu'il était déjà un homme et qu'il couchait avec Aimée.

— C'est la même chose, poursuivait-elle. Il y a des jeunes mariés à qui ça arrive la nuit de leurs noces.

Pour le dérider, elle ajouta en riant:

— Tu imagines la tête de la mariée?

Il sourit. Cela allait mieux.

— Tu veux qu'on essaie, maintenant?

Il n'y était pas arrivé quand même. Il était triste, au moment de la quitter, sous le réverbère de la rue.

— Je vous demande pardon, avait-il balbutié.

— Imbécile!

— Mais si! Vous avez été gentille.

Alors, comprenant peut-être que cela lui ferait du bien, qu'il avait besoin d'un encouragement avant de retourner à sa solitude, elle lui avait mis un baiser sur la joue.

— N'aie pas peur de revenir.

A cause de ce geste, de sa voix, qui faisait penser à celle de Renée, en plus voilée encore, il n'était pas désespéré, mais seulement morose, cependant qu'il cheminait dans la rue de la Gaîté où la plupart des lumières s'étaient éteintes.

Au lieu de remonter la rue, ce qui était le plus court, il fit le tour par le boulevard Montparnasse où d'autres femmes l'interpellèrent; l'une d'elles prit son bras qu'il dégagea doucement.

En somme, pour cela comme pour tout le reste, on ne lui avait jamais donné sa chance. Maintenant, il était trop nouveau. Sa transformation ne datait que de la veille, que du jour même.

Il fallait pourtant croire qu'elle était radicale, puisque tout le monde s'en était rendu compte. Renée d'abord, qui avait brusquement cessé de le traiter en parent pauvre, en doux imbécile, puis son fils — il était sûr que Bob avait senti la métamorphose et qu'il en avait été content — et enfin Raoul. Avec celui-ci, c'était presque comique, car il avait l'air de ne plus rien y comprendre et commençait à être inquiet.

Ne serait-ce pas drôle si Raoul se mettait à avoir des remords? François avait-il été trop vite à son gré, ou trop loin? Raoul, pendant la fameuse nuit, avait-il parlé en l'air, persuadé que ses paroles tombaient dans l'oreille d'un sourd?

Ce qui l'intriguait, c'était la question d'argent et François se promettait bien de ne pas le renseigner tout de suite. Que se figurait-il? Qu'il avait volé? Qu'il avait tué?

On voyait encore des consommateurs aux terrasses, dans la fraîcheur de la nuit, et François fit ce qui ne lui était pas arrivé de faire depuis longtemps : devant la *Coupole,* il s'assit dans un fauteuil d'osier et commanda un demi.

Si cela devenait nécessaire, il consulterait un spécialiste. Il avait à peine trente-six ans. Il était bien bâti, sans être fort, et il n'avait jamais été vraiment malade.

Il cherchait dans sa mémoire. Avec Aimée, cela

ne lui était pas arrivé une seule fois, alors qu'il lui arrivait souvent de recommencer. C'était venu, en somme, avec la série des malchances. Il était à peine entré dans une compagnie d'assurance et marié depuis peu que la crise éclatait et que toutes les entreprises réduisaient leur personnel, en commençant bien entendu par les derniers entrés.

Bob était né. Le père de Germaine était mort et François avait essayé en vain de remonter le petit commerce du boulevard Raspail.

Ils y avaient perdu de l'argent. Ils avaient vendu. L'emménagement rue Delambre avait mangé leurs économies et il avait essayé différents métiers.

C'était par pauvreté qu'il allait boulevard Sébastopol et il ne se sentait guère d'attirance pour ses partenaires souvent malpropres. Etait-ce la raison?

Il ne fallait pas être trop exigeant le premier jour. Un couple, à la table voisine, parlait en russe ou en polonais, à voix basse, comme s'il craignait d'être compris. Il y avait deux très jolies filles, sans doute des modèles, seules à un guéridon. Ce n'était pas à elles qu'il pensait, bien qu'il regardât machinalement leurs jambes. Ce n'est pas à cause d'elles non plus qu'il se mit à sourire comme un homme délivré d'un grand poids.

Il venait de se souvenir de Renée, telle qu'il l'avait vue, l'après-midi, assise sur le coin de la table, dans le fumoir, les cuisses comme écrasées sur le bois sombre et poli. Or, soudain, une cuisante bouffée de désir venait de le raidir et il éprouvait le même ravissement qu'un enfant devant un feu d'artifice.

Ne serait-ce pas curieux, si Renée allait remplacer Mme Dhôtel, avec qui elle avait certains traits communs, et qui devait être aujourd'hui une vieille femme?

Il devrait aller voir sa belle-sœur à Deauville. Son frère Marcel n'était pas sans rappeler vaguement l'ancien éditeur, en moins peuple, en moins gras, mais avec les mêmes cheveux blonds et clairsemés, la même mollesse de la chair et des attitudes.

Il ne savait pas encore s'il emmènerait Bob, qui avait tant envie de voir la mer.

Pourquoi pas? Il y réfléchirait. Il avait beaucoup à réfléchir. Ce qu'il ne fallait surtout pas, c'était se donner le temps de se décourager, comme il venait de le faire.

Il alluma une cigarette et tourna à droite dans la rue Delambre. Il n'y avait pas de lumière chez lui. Raoul n'était pas venu. S'il était passé, il avait cru que François dormait. Il devait être à boire quelque part, très ivre déjà, et sans doute avait-il trouvé quelque auditeur abruti par l'alcool à qui adresser ses discours ponctués de rires cyniques et grinçants.

Raoul, sans le vouloir, lui avait fait du bien.

C'était un mou, lui aussi, malgré ses airs bravaches. C'était un mouton, comme il disait des autres, et c'est justement pourquoi il bêlait si fort !

Il n'avait pas précisé ce qu'il comptait faire. Il ne semblait pas avoir l'intention de regagner les colonies. Quelque chose devait s'être passé là-bas qui l'en avait dégoûté, et peut-être n'était-ce pas très avouable. Possédait-il un peu d'argent, après tant d'années? Allait-il s'installer à Paris ou dans la banlieue?

François se promettait d'éviter qu'il fût trop souvent en contact avec Bob car, tout à l'heure, il avait cru sentir entre eux une sorte de complicité qui lui déplaisait.

Quant à lui, il ne déménagerait probablement pas. Sa rue commençait à lui plaire, à présent qu'il n'avait plus peur du coup d'œil des commerçants à qui il avait si longtemps dû de l'argent. Elle ne ressemblait à aucune autre rue.

Les autres rues représentent généralement un milieu déterminé. On en fait ou on n'en fait pas partie. A certain moment, il arrive que la rue vous rejette, après vous avoir mis en observation.

Celle-ci était à la fois honnête et équivoque, riche et pauvre, médiocre et brillante. Honnête avec ses petits commerçants, ses logements d'employés, d'ouvriers ou de modestes rentiers, équivoque par ses deux ou trois boîtes de nuit, par ses hôtels meublés qui ressemblaient à celui qu'il venait de quitter, par sa proximité avec le boulevard Montparnasse et par une partie de sa population de bohèmes, de filles, de modèles, de garçons de café et d'entraîneuses.

Il fut encore accosté, à deux pas de chez lui, et cela lui fit plaisir, car c'était une des femmes du *Pélican,* le bar dont il voyait de sa fenêtre les reflets mauves.

Il faudrait engager une bonne pour garder Bob. L'idée ne lui venait pas de mettre celui-ci en pension. Ne lui avait-il pas promis — et, cette fois, il n'avait pas menti — qu'ils vivraient comme un petit ménage?

Le gamin dormait quand il entra dans la chambre sur la pointe des pieds, sans avoir besoin d'éclairer, car l'appartement recevait assez de lumière de la rue. Le billet qu'il avait laissé n'avait pas été touché.

Il embrassa son fils au front avant de se coucher et le gamin geignit en se retournant tout d'une pièce dans son lit.

Après, ce fut presque sans transition le jour et le bruit des camions dans la rue.

-:-

Cela lui faisait de la peine, maintenant, de penser que bientôt, quand ils auraient une bonne, il n'aurait plus à s'astreindre aux mille petites tâches quotidiennes contre lesquelles il avait tant pesté en son for intérieur.

Bob faisait semblant de dormir, mais François savait qu'il était éveillé, que la plupart du temps il était éveillé avant lui et qu'il l'épiait à travers ses cils mi-clos.

La grosse femme, en face, était déjà en train de battre ses tapis et comme, par les chaleurs, on dormait fenêtres et rideaux ouverts, c'était toujours un problème pour François de passer un pantalon sans être vu.

Le gaz qu'il allumait faisait « plouf », puis l'eau coulait du robinet dans la bouilloire en aluminium et tous ces bruits-là étaient comme des génies familiers. Il allait se laver les dents, mettait la table.

Quand l'eau commençait à chanter, il rentrait dans la chambre et Bob feignait de sortir d'un sommeil profond, prenait un air étonné en regardant son père qui lui donnait de petites tapes sur la joue ou sur une cuisse découverte.

— Quelle heure est-il?

Il suffisait de se pencher. L'horloge de M. Pachon était là, qui marquait 8 heures. Déjà des petites charrettes s'installaient au bord du trottoir, alors que les concierges n'avaient pas encore rentré les poubelles.

— C'est aujourd'hui que tu m'achètes mon costume?

Et soudain il se souvenait du revolver. Il le saisissait sous son oreiller où il l'avait glissé avant de s'endormir.

— Oncle Raoul est venu?

— Quand?

— Il avait dit qu'il viendrait peut-être te voir hier au soir.

— Il n'est pas venu.

— Tu crois qu'il a vraiment rencontré des

éléphants et des lions comme nous rencontrons des chiens et des chats dans la rue?

Il courait se laver, pieds nus. Dans le cabinet de toilette, il y avait une baignoire en émail, d'un vieux modèle, haute sur ses quatre pieds, mais on ne s'en servait pas tous les jours.

— Tu ferais mieux de prendre un bain, Bob, avant d'aller essayer des costumes.

L'odeur du café envahissait les pièces pendant que François faisait les lits. Il ne mettait pas les draps et les couvertures à la fenêtre ce matin. Ils allaient sortir tous les deux de bonne heure.

Déjà avant que Germaine allât à l'hôpital, elle était malade, et il avait pris l'habitude de faire le ménage, mais en ce temps-là son plaisir était gâché par la surveillance dont elle l'entourait.

Ils mangeaient. Bob avait son revolver à côté de son assiette.

— J'ai une bonne nouvelle à t'annoncer, mon garçon. La semaine prochaine, nous irons à Deauville.

— Je vais voir la mer? Nous y resterons longtemps?

— Je ne sais pas. C'est possible.

— On part tout de suite après l'enterrement?

— Probablement le lendemain.

— Quand est-ce, l'enterrement?

— Je le saurai tout à l'heure. Oncle Raoul s'en est occupé. Peut-être lundi.

— Alors, on partira mardi?

— Seulement, j'ai pensé à un détail. Tu ne peux pas aller à Deauville avec un costume noir.

— Je sais!

— Il m'est difficile de t'acheter plusieurs costumes à la fois. J'aimerais que tu aies, par exemple, un costume gris, et une casquette noire.

— Et un crêpe à la manche?

— Si tu veux.

Ils firent le chemin à pied, par le jardin du Luxembourg, car il était encore trop tôt. Ils devaient attendre l'ouverture des banques. Bob tenait son père par la main.

Quand ils entrèrent dans le magasin où François avait acheté son complet, un employé revenait justement, tenant des billets de banque.

On se montra très aimable, mais il n'y avait rien pour Bob. Ils durent franchir le pont Saint-Michel, gagner la Samaritaine.

Et le gamin, qui était d'une pudeur chatouilleuse, s'inquiétait de la porte entrouverte, dans le petit salon d'essayage, chaque fois qu'on lui passait un autre pantalon.

— Ferme la porte, papa !
— On étouffe. Je te jure qu'il n'y a personne.
— Ferme la porte !

Il lui acheta aussi des culottes en coutil bleu, deux jerseys rayés comme ceux des marins.

— Je peux avoir un béret américain ?

Il tint à garder sur lui la culotte bleue et le jersey. Puis, dès qu'ils arrivèrent dans leur rue, il se précipita chez son petit ami.

— Je viens régler mon compte, madame Boussac.

Tous les autres comptes aussi ! C'était samedi. Le grouillement de la rue était plus intense que d'habitude.

Il se rendit à l'hôtel de Rennes pour voir Raoul. C'était un hôtel calme et provincial, avec des palmiers en pots dans le hall et des vieilles dames dans les fauteuils de rotin.

— Vous pouvez monter. C'est au 149.

Raoul, en chemise de nuit, pieds nus, vint tourner la clef dans la serrure et replongea dans le lit.

— Quelle heure est-il ?
— 11 h 30.

— Passe-moi la bouteille qui est sur la commode.

Il but une gorgée à même le goulot et se frotta longtemps les yeux et la tête. Une mauvaise odeur régnait dans la chambre où les vêtements étaient par terre, en tas.

— Qu'est-ce que tu as fait, hier soir? questionna Raoul.

— Je me suis couché.

— Je parie que non. C'est d'ailleurs pourquoi je ne suis pas passé chez toi. Seulement, tu es trop Lecoin et trop Naille pour avouer que tu t'es payé une poule. Tu avais tellement hâte d'étrenner ton nouveau complet.

Il ne répondit ni oui ni non.

— Tant mieux si tu as eu du plaisir, mon garçon! A propos, tu devrais peut-être faire attention à ton fils.

— Que veux-tu dire?

— Rien. Simplement qu'il est plus intelligent, plus perspicace que tu ne le crois.

— Il t'a parlé?

— Non. Mais les parents ont tendance à penser que leur enfant est moins averti que les autres. Tu veux prendre mon veston? Il doit être par terre. Cherche dans les poches. Probablement dans la poche intérieure. Tu trouveras les papiers des Pompes funèbres. Passe-les moi.

Il but à nouveau à la bouteille et il ne parlait pas de faire monter son petit déjeuner. Il ne devait pas manger le matin.

— Il faut que tu signes ici, puis ici, et encore ici. Le mieux serait que tu passes à leur bureau. Ils ont commencé à faire le nécessaire. A tout hasard, j'ai commandé cent faire-part qui seront prêts à midi. J'ai pensé que ce serait assez, car tu ne dois pas connaître tant de monde. Il suffit que tu leur fournisses les noms et les adresses et ils se chargent de tout. Quant à l'avis mortuaire, je l'ai fait passer dans un seul journal du matin et dans un journal du soir.

— L'enterrement?

— J'y arrive. Il paraît que, si tu veux que la réunion ait lieu rue Delambre, il est nécessaire que le corps soit amené chez toi, au plus tard le matin des obsèques. Je leur ai expliqué la situation. Ils ont compris. Ils connaissent ça comme leurs poches. Tu sais que c'est un métier rigolo? Après, j'ai emmené le type boire une tournée et nous avons passé plus d'une heure ensemble.

— Tu dis qu'on amènera le corps rue Delambre?

— N'aie pas peur. A ce moment-là, elle sera enfermée dans son cercueil. Regarde sur le prospectus. Le modèle numéro 5, chêne renforcé avec garnitures imitation argent. C'est cher, ces machins-là. Attends! Ce matin, ils sont à l'hôpital, en train de tout régler. Le cercueil sera livré vers la fin de l'après-midi mais ils ne le fermeront que demain soir, de sorte que, si des gens veulent voir Germaine, ils ont le temps. Passe-moi mon pantalon, ou plutôt prends mon étui à cigarettes qui est dans la poche. Il en reste une? Tu as des allumettes?

C'était la première fois que François voyait quelqu'un fumer et boire du cognac à la bouteille dans son lit. Raoul aussi avait eu l'âge de Bob. Il avait cet âge-là quand François était né et il était furieux d'avoir un nouveau petit frère.

Pendant toute sa jeunesse, il avait été très maigre. Il existait dans l'album une photo de lui, en costume de chasseur, le visage anguleux sous des cheveux rebelles, l'air boudeur.

Quand François avait eu dix ans à son tour, Raoul était déjà un jeune homme qui ne faisait que de courtes apparitions à l'heure des repas, toujours pour se disputer avec sa mère.

— C'est ainsi que tu laisses faire ton fils?
Leur père intervenait comme à regret.

Puis soudain on avait appris que Raoul, qui était licencié en droit et se destinait au barreau, avait signé un engagement pour les colonies sans en rien dire à personne.

C'est pourquoi François le connaissait si mal. Il avait toujours entendu sa mère répéter :

— Ton frère tournera mal et tu prends le même chemin que lui!

L'avant-veille, Raoul lui avait avoué :

— Pourquoi crois-tu que je suis parti, sinon à cause d'elle? J'étais écœuré. J'en avais assez de toutes les mesquineries de la maison. J'aspirais à de grandes choses. J'étais un idéaliste, mon garçon, un pur!

Il riait en parlant ainsi, de son rire méchant.

— On m'a envoyé dans un petit trou perdu de l'Indochine, où, quelques mois plus tard, j'ai failli crever de la dengue.

Après quelques années, il était à Madagascar. C'est de là qu'il était revenu pour un assez long congé et qu'il s'était marié avec une femme que leur mère refusait de recevoir. Il y avait aussi une photo du couple dans l'album. En ce temps-là, Raoul distribuait volontiers ses photographies, surtout celles sur fond exotique, en costume colonial, avec le casque de liège.

— Bon! Donc, demain dimanche, on la boucle dans sa boîte. Lundi matin, de bonne heure, vers 7 h 30, les tapissiers s'amènent chez toi et arrangent la salle à manger. Je leur ai expliqué comment ça se dispose. Il paraît que c'est l'affaire d'une heure de mettre quelques tentures et tout ce qu'il faut. Ces messieurs fournissent tout, y compris le buis et l'eau bénite. A 8 heures, on livre le corps. A 9 heures, un corbillard automobile vient le chercher. Donc, pendant une heure, les gens ont le temps de monter faire leurs salamalecs et de redescendre sur le trottoir pour attendre.

« On s'en va tous ensemble à l'église. Pas de messe, mais une absoute. Avec une messe, tu sautes tout de suite deux classes et cela change de prix.

« Tu me suis? Ce ne sera pas une absoute à la va-vite, mais une cérémonie très convenable, avec trois enfants de chœur et un peu de musique.

« On m'a demandé combien tu voulais de voitures pour Ivry, car après ça, on file. J'ai répondu trois, à tout hasard. Il y a place pour six personnes à l'avant du corbillard.

« On paie d'avance. J'ai promis que tu passerais aujourd'hui.

« Maintenant, si cela ne t'ennuie pas, il est indispensable que j'aille au cabinet. Je sais que ce n'est pas poétique et que maman n'aimait pas qu'on en parle, mais je ne peux pas faire ça dans mon lit.

« Quand est-ce que je te vois, mon garçon?

« Je ne te dis pas ça pour te presser, mais pour que tu saches que je suis à ta disposition.

« Je n'ai eu l'occasion d'enterrer aucune de mes deux femmes.

Et, les jambes nues émergeant de sa chemise, ses rares cheveux collés sur le crâne, le cigare aux dents, la bouteille à la main, il traversa la chambre.

Peut-être le faisait-il exprès d'être grotesque et repoussant?

C'était lui, en définitive, qui venait, ici, en quelques minutes, de procéder à l'enterrement de Germaine.

Le reste n'était plus que formalités.

DEUXIÈME PARTIE

LES DEUX JOURS
DES CHAMPS-ELYSEES

1

IL avait dormi chez Viviane, cette nuit-là, ce qui lui arrivait moins souvent depuis quelque temps. Il s'était réveillé à 7 heures dans l'appartement de la rue de Presbourg et, sans réveiller sa compagne, s'était glissé dans la salle de bains.

C'était peut-être le seul endroit à lui donner encore, chaque fois, une même sensation de luxe, une joie presque enfantine. L'appartement, dans un maison neuve, était très moderne, avec des murs clairs aux tons pastels; le studio s'éclairait, comme un atelier d'artiste, par une large baie vitrée.

La salle de bains était d'un jaune doré, y compris la baignoire et les appareils sanitaires, et il aimait, le matin, y passer un long moment, manier les boutons chromés, traîner devant le miroir grossissant, muni d'une petite lumière, qu'on avait installé pour qu'il pût se raser agréablement.

Lorsqu'il fut habillé, Viviane dormait toujours; il écrivit sur une feuille de papier, comme il faisait encore parfois avec Bob : « Je te téléphonerai vers 11 heures. Bises. »

Il savait que le tapissier ferait à nouveau présenter sa facture de bonne heure. C'était peut-être la dixième fois. Mais il feignait de l'oublier.

Il avait choisi un complet clair, en fil à fil, comme celui qu'il avait acheté trois ans auparavant, mais celui-ci était coupé par un tailleur du boulevard Haussmann qui habillait la plupart des acteurs. Le tailleur n'était pas payé non plus. C'était sans importance.

Avant d'aller prendre sa voiture au garage, il pénétra dans un petit bar, au coin de la rue, où on l'appelait familièrement M. François, mangea deux croissants trempés dans son café-crème en jetant un coup d'œil au journal.

Le temps était aussi radieux que quand il avait commencé sa nouvelle vie et le quartier de l'Etoile était baigné de plus de lumière que la rue Delambre, avec un ciel plus vaste où bourdonnait un avion invisible.

Sa voiture était immaculée. C'était encore une joie qui lui était restée de voir le commis du garage la lui amener au bord du trottoir, puis de s'installer lui-même au volant, une joie mêlée d'une crainte vague qu'il n'était jamais parvenu à dissiper complètement, peut-être parce qu'il avait appris tard à conduire, peut-être un peu aussi à cause de l'affaire Gianini.

Il contourna l'Arc de Triomphe, descendit en partie l'avenue Friedland, de façon à prendre les Champs-Elysées par la rue de Berri et de les remonter jusqu'à son bureau.

Ici aussi, l'immeuble était neuf, un building à l'américaine. Le concierge en uniforme à boutons argentés lui tendit son paquet de courrier et il pénétra dans l'ascenseur, dont l'opérateur portait le même uniforme.

— Il va encore faire chaud, M. François.

Le long des corridors s'alignaient des portes aux vitres dépolies qui portaient des numéros. Sous les numéros 607, 609 et 611, on lisait en lettres noires : *La Cravache* et, sur la première de ces portes, la mention supplémentaire : *Privé*.

C'était son bureau personnel. A cette heure-ci, il entrait par le 611, baissait les stores vénitiens qui donnaient aux locaux une atmosphère très new yorkaise et, sans retirer son chapeau, s'asseyait devant un des bureaux clairs, n'importe lequel, saisissait un coupe-papier et commençait à décacheter le courrier.

Il ne laissait ce soin à personne. C'était une des raisons pour lesquelles il aimait arriver le premier au bureau et, quand d'aventure il était en retard et que Mlle Berthe avait déjà monté le courrier, il était de mauvaise humeur pour toute la matinée.

Il y avait, comme d'habitude, des petits chèques, des mandats postaux pour des abonnements ou pour des petites annonces.

— Bonjour, monsieur François !

Mlle Berthe habitait très loin, du côté du Père-Lachaise, dans un quartier où il n'était peut-être pas allé deux fois dans sa vie. Elle devait changer de métro à la République, puis au Châtelet, et pourtant elle était toujours à l'heure, toujours aussi fraîche, alerte, souriante, répandant une bonne odeur de lavande et de santé.

Il n'y avait jamais touché. Il savait qu'il ne serait pas arrivé à ses fins et qu'elle se serait probablement contentée de rire. Elle avait trente-cinq ans et habitait avec sa mère, qui tenait une herboristerie dans une rue populeuse.

Elle était boulotte, avec les seins haut placés,

un soupçon de double menton, et elle faisait plutôt penser à un bonbon qu'à l'amour.

— Beaucoup d'argent au courrier? questionnat-elle en se débarrassant de son chapeau derrière la porte où elle avait accroché un miroir.

Elle plaisantait. Les questions d'argent n'arrivaient pas à l'émouvoir.

— Vous n'oublierez pas que le téléphone menace de nous couper aujourd'hui?

Cela l'amusait. Elle faisait son petit ménage matinal, arrangeait sa machine à écrire, son papier, son carbone, la gomme à effacer, tirait de son sac un mouchoir brodé et une boîte de pastilles.

— Vous sortez, ce matin?

— Je serai de retour avant 11 heures.

— Qu'est-ce que je dois dire, si on vient?

— Vous faites attendre.

— Vous n'avez rien à envoyer à l'imprimerie?

Chartier, le garçon de bureau, qui était en même temps le gérant responsable du journal — autrement dit, c'était lui qui irait en prison si *la Cravache* était condamnée pour une raison quelconque — entra à son tour, furtif et glissant, de sorte qu'on ne l'entendait jamais venir et qu'on sursautait en le voyant tout près de soi.

— Il est en bas! annonça-t-il.

— Qui?

— Le type d'hier et d'avant-hier. Je suppose que c'est un flic. Il a les allures d'un flic. C'est le troisième matin que je le trouve dans le couloir et, le soir, il y est encore quand je sors. Je parierais que c'est pour nous.

— Il y a exactement quatre-vingt-douze firmes dans l'immeuble, répliqua François sans s'émouvoir.

— Il n'y en a peut-être pas beaucoup dans notre genre, patron. A votre place, je me méfierais. Si c'est un flic, ça va. Mais, si par hasard ce n'en est pas un, il pourrait vous arriver la même aventure qu'au *Fouquet's*.

Ce n'était pas un souvenir agréable. Cela s'était passé au début de l'automne précédent, par une soirée tiède, alors que la terrasse du *Fouquet's*, au coin des Champs-Elysées et de l'avenue George V, était pleine de la foule élégante qui revenait des courses.

François avait donné rendez-vous à Viviane, comme cela lui arrivait souvent, et elle portait un joli tailleur en soie sombre, un chapeau relevé sur le devant qui lui seyait particulièrement. Le garçon venait d'apporter un cocktail pour elle et un verre de bière pour François quand, au moment où il s'y attendait le moins, il était devenu le centre d'une bousculade.

Cela s'était passé si vite qu'il s'était à peine rendu compte de ce qui arrivait. Le guéridon avait failli se renverser. Son verre s'était brisé, inondant de bière son pantalon. Deux hommes étaient debout contre lui, lui cachant la vue et, sans qu'il eût ouvert la bouche, l'un d'eux prononçait, comme s'il venait d'être insulté :

— Vous dites? Vous dites? Osez donc le répéter et...

C'était à François qu'on s'adressait et déjà, sans avoir pu se soulever de sa chaise, il recevait un coup de poing au beau milieu du visage. Il voyait vaguement les consommateurs se lever. Il entendait crier une femme qui n'était pas Viviane. Les deux hommes, au milieu d'un groupe gesticulant, donnaient des explications qu'il n'entendait pas et, bien avant l'arrivée d'un sergent de ville, ils s'étaient éloignés dans une conduite intérieure qui les attendait au bord du trottoir.

Il avait refusé de porter plainte, car il savait d'où venait le coup. Depuis lors, il se tenait sur ses gardes et il existait dans Paris un certain nombre d'endroits qu'il avait soin d'éviter, surtout après la tombée de la nuit. Dans certains cas, il n'avait pas honte de se faire accompagner.

Chartier, avec son histoire d'homme planté dans le hall du rez-de-chaussée, ne lui apprenait rien. Il savait qu'il était épié, qu'on s'intéressait vivement aux gens qui venaient le voir au bureau. Quant à la menace de couper le téléphone, c'était plus drôle. En définitive, c'étaient les gens de la table d'écoute, qui enregistraient patiemment ses conversations, qui seraient les plus déçus.

Il aurait d'ailleurs de l'argent à 11 heures. Raoul en apporterait. Si Raoul ne réussissait pas, il trouverait à s'en procurer; il trouvait toujours, au dernier moment.

En bas, il regarda l'homme qui, assis sur la banquette, en face de l'ascenseur, feignait d'être absorbé par la lecture d'un journal. Il se donna le plaisir de marcher vers lui comme pour l'interpeller et de ne s'arrêter qu'à un mètre.

Un quart d'heure plus tard, au volant de sa voiture, il passait boulevard Raspail, à deux pas de chez lui, et apercevait l'ancienne boutique du père de Germaine.

Puis ce fut le Lion de Belfort, où il tourna à gauche, un vaste quartier morne où il se sentait étranger et enfin la porte d'Italie.

En trois ans, il n'était allé que deux fois au cimetière. La première, avec Bob, quand on avait posé la pierre sur la tombe, peu de temps après Deauville. La pierre était simple, de bon goût; cela l'avait un peu impressionné de voir son nom, avec le prénom de sa femme, fraîchement gravé, dans un cimetière. La seconde fois, c'était le jour des Morts, la même année.

Aujourd'hui, il y avait exactement trois ans que Germaine était morte, il s'en était souvenu la veille. C'est à cause de cela qu'il avait préféré passer la nuit chez Viviane, à qui il n'avait rien dit.

Y avait-elle pensé aussi? C'était possible. Peut-être devinerait-elle qu'il était allé au cimetière, car elle avait le don de tout deviner, surtout les choses désagréables.

Elle n'en parlerait pas. Contrairement à sa mère et à Germaine, elle n'avait jamais l'air de savoir.

C'était lui, mal à l'aise, qui lui poussait des colles, sans qu'elle lui demandât rien, et qui finissait par avouer.

Raoul avait dit une fois.

— Les femmes s'arrangent pour nous traiter toute notre vie en petits garçons et pour nous laisser toujours l'impression que nous sommes coupables.

Il acheta des fleurs près de la grille, où il n'y avait que des chrysanthèmes. Le gardien chercha dans ses livres et lui donna les indications pour trouver la tombe, dans un quartier qui n'était déjà plus le quartier neuf. Cela allait vite, à Ivry. Le cimetière gardait cependant un aspect clair et propre, comme les maisons modernes. Ce n'était pas impressionnant du tout et il était difficile de s'y sentir triste.

De gros appareils décollaient sans cesse du terrain d'aviation d'Orly. Il croisa des corbillards automobiles qui étaient comme des autobus où le mort voyageait une dernière fois avec les vivants. Il compta les allées, reconnut enfin la pierre, se sentit tout drôle en voyant, au pied de celle-ci, une botte de roses fraîches.

On avait apporté ces fleurs de bon matin. Quelqu'un s'était souvenu que Germaine avait une prédilection pour les grosses roses au parfum violent, un peu vulgaire, de celles qu'on ne trouve pas chez les fleuristes mais dans les bouquets de campagne et dans les petites charrettes des rues.

Celles-ci avaient probablement été achetées à une petite charrette de la rue Delambre.

Bob était venu avant de se rendre en classe.

Peut-être arriverait-il en retard à Stanislas et dirait-il pourquoi, ou donnerait-il une autre excuse? Il avait dû se lever de très bonne heure, prendre l'autobus, et il se pouvait que François l'eût croisé en route.

Dans ce cas, avait-il vu son père?

Celui-ci était troublé par sa découverte, triste et déçu.

Tout au début, la première année, il arrivait à Bob de parler de sa mère, sans insister, comme par inadvertance.

— Tu crois que maman aurait aimé mon costume?

Ou bien :

— Du temps de maman, je ne voulais pas manger d'épinards. Tu te souviens? Je prétendais que cela ressemble à de la bouse de vache.

La pierre, sur la tombe, avait impressionné le gamin et, ce soir-là, François l'avait entendu qui pleurait dans son lit. Pendant la nuit, Bob avait eu un cauchemar, s'était dressé sur son lit en criant, les yeux hagards :

— Non, papa, non! Tu vois bien que je suis mort! Nous sommes tous morts, papa! Je te le jure!

A la Toussaint, il étrennait un nouveau pardessus.

Et, depuis, François cherchait en vain à se souvenir d'une occasion à laquelle l'enfant aurait parlé de sa mère.

Ils étaient bons amis, très bons amis. Bob lui racontait ses histoires de collège et celles de ses camarades, souvent des histoires que les garçons ont tendance à taire aux parents.

Est-ce que, l'année précédente aussi, il avait apporté des roses au cimetière?

François s'était contenté d'acheter des fleurs à la grille et avait failli venir les mains vides. Il ne pensait jamais à ces détails-là et sa mère le lui avait assez reproché quand, gamin, il oubliait de lui souhaiter sa fête.

Il ne savait même pas au juste pourquoi il était venu. Peut-être était-il égoïste? Peut-être était-ce à cause de Deauville?

Car ce n'était pas seulement l'anniversaire de la mort de Germaine. Trois ans plus tôt, à cette date-ci, il s'achetait son premier complet en fil à fil. Puis, le lendemain de l'enterrement, une micheline qui paraissait toute neuve et qui glissait sans bruit à une vitesse vertigineuse, à travers les campagnes, les emmenait à Deauville, Bob et lui.

— Tu as déjà été à Deauville, papa?

— Une fois, mon garçon.

— Avec maman?

— C'était notre voyage de noces.

En avril. S'il faisait déjà bon à Paris, si les pommiers étaient en fleur, ils avaient trouvé du froid, des bourrasques et de la pluie sur la côte, et la mer était d'un gris sale et houleux.

Il avait tenu à se baigner malgré tout, car la natation était le seul sport qu'il pratiquât convenablement. Ils étaient seuls tous les deux sur la plage où les cabines paraissaient abandonnées, portes battantes, envahies par le sable et le varech.

Germaine portait un pull-over bleu pâle qu'elle s'était tricoté et elle avait froid; il la revoyait, perchée tantôt sur une jambe, tantôt sur l'autre, comme un héron, avec ses cheveux que le vent faisait voleter autour de son visage.

Elle le guettait, effrayée, tandis qu'il franchissait les grosses vagues et faisait quelques brasses dans l'eau glacée.

— Tu es bleu, François! Rhabille-toi vite!

Il se souvenait qu'ils avaient bu du café arrosé, du café avec du *fil en quatre* ou du *fil en six*.

et ces mots, pour désigner l'alcool du pays, avaient ahuri sa femme.

Heureusement, il y avait un cinéma, de l'autre côté du pont, à Trouville, et un petit restaurant ouvert toute l'année où on mangeait des crevettes et des langoustes.

Quelle différence avec leur débarquement triomphal, à Bob et à lui, en pleine saison, alors que, dès la gare, dans un éblouissement, on ne voyait que robes multicolores et costumes clairs et que des voitures de maîtres glissaient le long des rues en procession joyeuse !

C'était tellement violent que François en avait les larmes aux yeux et qu'il avait dû détourner la tête, tandis que Bob demandait si on allait voir la mer tout de suite.

Les mâts des bateaux, qu'on apercevait par-dessus les toits normands, le mettaient en effervescence. Ils étaient bien vêtus tous les deux. François avait de l'argent en poche, une valise neuve, d'un beau brun clair, avec une étiquette à son nom.

Il n'avait plus à passer en détournant la tête devant la loge de Mme Boussac. Le boulanger, l'épicier, le boucher même étaient payés et tout le monde lui souriait cordialement.

C'était fini ! Il était sorti du trou. Il avait patienté longtemps. Il avait tenu bon des années, à se ronger, à courber l'échine, à écrire des lettres qui lui laissaient encore comme un goût amer dans la gorge.

Au fond, il espérait sans croire.

Et voilà que c'était arrivé quand même, du jour au lendemain, presque par hasard.

Il était à la mer. Ils n'avaient pas besoin, Bob et lui, de descendre dans un hôtel luxueux. A Trouville, face au port aux bateaux de pêche, à deux pas du bassin des yachts et de la piscine, ils découvraient un petit hôtel tout blanc, avec des géraniums partout, et le patron était enjoué, coiffé de la toque blanche des chefs, la patronne se montrait accorte et maternelle.

— Bien sûr qu'on va trouver une chambre pour ce petit bonhomme! s'était-elle écriée en se penchant sur le gamin.

Parce qu'elle avait vu le crêpe qu'il portait au bras, elle avait eu, derrière son dos, à l'adresse de François, un sourire apitoyé.

Plus tard, alors qu'ils étaient seuls, elle lui avait demandé :

— Quand est-ce arrivé?

Elle avait pris l'enfant sous sa protection, le soignait, le chouchoutait.

— Vous pouvez aller sans crainte à vos affaires, monsieur François Laissez-le-moi. Nous sommes bons amis tous les deux, n'est-ce pas, Bob?

Ils étaient des milliers, des millions de gens à vivre ainsi, non pas depuis la veille ou l'avant-veille, mais depuis toujours, dans un contentement perpétuel.

Pour ceux-là, pour cette foule bariolée qui passait et repassait de Trouville à Deauville, sautait dans les vagues, prenait des bains de soleil et des cocktails, se précipitait aux courses ou au casino, ou encore errait autour des yachts blancs — pour la plupart, sinon pour tous, c'étaient des vacances qui rappelaient d'autres vacances qui seraient suivies de vacances encore.

Pour François, c'étaient les vacances de sa vie. C'était la délivrance. C'était un miracle et, les premiers jours, il lui arrivait encore d'avoir les prunelles humides.

— C'est beau, la mer, Bob!
— Oh! oui papa.
— Tu aimerais aller dessus?
— En bateau?

Bob non plus n'en croyait pas ses yeux ni ses

oreilles, et pourtant il y était allé. Ils avaient même aidé à retirer les filets, loin de la côte qu'on ne voyait plus que dans une sorte de brouillard, à bord d'un bateau de pêche qui emmenait des touristes.

— Quand est-ce que je verrai mes cousines?

— Je ne sais pas.

Le pauvre gosse s'imaginait peut-être qu'il allait les étonner avec le récit de sa partie de pêche? Il ne les avait vues qu'une fois, à l'occasion de la première communion de la cadette.

Marcel et sa femme avaient acheté une villa à mi-hauteur de la colline, sur un chemin qui ne conduisait nulle part, qui ressemblait plutôt, avec son double rang de grands arbres, à l'allée d'un parc. Dans les environs, il n'y avait que de grosses propriétés dont on ne voyait guère que les toits dans la verdure; parfois on apercevait un chauffeur qui astiquait une auto.

François, laissant Bob à l'hôtel, s'était fait conduire chez Marcel en taxi; il ne pensait pas encore alors qu'il posséderait un jour sa propre voiture. Dans le parc où des jets d'eau tournaient lentement, il avait rencontré ses deux nièces qui ne l'avaient pas reconnu et qui jouaient sous la surveillance de leur institutrice.

Pour elles, il n'était qu'un monsieur qui venait en visite, peut-être un fournisseur? Elles ne pouvaient pas deviner qu'un jour il serait l'amant de leur mère. Le sauraient-elles jamais?

— M. Lecoin est dans la bibliothèque. Vous avez un rendez-vous? Je ne sais pas s'il pourra vous recevoir car il est très occupé ce matin.

— Dites-lui que c'est son frère.

— Bien, monsieur.

— Son frère François.

— Oui, monsieur.

Le valet de chambre portait un gilet rayé comme dans les pièces de théâtre et dans les hôtels par-

ticuliers du faubourg Saint-Germain. Au rez-
de-chaussée de la villa, on voyait une enfilade de
trois salons, et un très large escalier débouchait
dans le hall.

On ne l'invita pas à monter. C'est Marcel qui
descendit sur les talons du domestique. Il avait dû
décider d'être cordial, car il sourit légèrement
en tendant la main.

Pourtant, il paraissait fatigué, préoccupé. Il
portait des pantalons clairs, une veste de yach-
ting et une cravate aux couleurs d'un club.

Sans doute Renée et lui avaient-ils eu une longue conversation à son sujet. Qu'est-ce que sa
femme lui avait dit exactement?

— Tu veux boire quelque chose?

— Merci.

Il était 11 heures du matin. Bob et lui étaient
arrivés la veille. Pour son petit déjeuner, à la
terrasse de l'hôtel, François avait mangé des crevettes encore toutes chaudes et bu un verre de vin
blanc. Quant à Bob, il l'avait laissé dans la cuisine, où il aidait à écosser des petits pois.

— Tu veux que nous bavardions dehors?

Du perron, Marcel aperçut le taxi à travers le
feuillage et fronça les sourcils.

— C'est inutile de garder ta voiture. Je te ferai
reconduire par mon chauffeur.

Et, quand son frère revint d'être allé payer :

— Où es-tu descendu?

— Dans un hôtel du port, à Trouville. Je crois
d'ailleurs qu'il s'appelle tout bonnement l'*Hôtel
du Port*. C'est très propre, très gai et on y mange
très bien.

— Tu es seul?

— Mon fils m'accompagne.

Ce que Marcel était évidemment anxieux de savoir, c'est si son frère croyait que c'était arrivé,
s'il se lançait déjà dans les folies. Probablement

aussi se demandait-il s'il comptait rester longtemps à Deauville.

Il tournait autour du pot, et, dans ces cas-là, on
ne le voyait jamais que de profil. Cela avait toujours été son caractère. Peut-être était-ce pour
cela qu'il s'entendait si bien avec leur mère?

« — Tâchez seulement d'être aussi bien élevés
que Marcel! »

Ce qui n'empêchait pas celui-ci de murmurer
derrière son dos, quand il était sûr qu'elle n'entendait pas:

— La vieille folle!

Ou même:

— Vieille sorcière!

— Evidemment, finit-il par prononcer en prenant l'allée opposée à celle où jouaient ses filles,
Renée m'a parlé, dès son retour de Paris. C'est
un hasard que vous vous soyez rencontrés, car elle
a failli ne pas passer quai Malaquais.

— Je pense que nous nous sommes assez bien
entendus, ta femme et moi.

Maintenant, après trois ans, il était émerveillé
de constater à quel point il s'était montré prudent
et adroit, alors qu'il commençait à peine sa nouvelle vie et qu'il ne savait pour ainsi dire rien.
Il lui arrivait de se demander, après coup, d'où
lui était venue une telle confiance en soi.

Car il était calme, sans arrogance, bien qu'on
sentît qu'il allait falloir désormais compter avec
lui, qu'il n'était pas ici, cette fois, pour emprun-
ter de petites sommes ou pour quémander un se-
cours.

Peut-être, si Marcel, au lieu de montrer obstinément son profil, y avait regardé de plus près,
aurait-il remarqué que les lèvres de son frère, tout
le temps que dura la conversation, étaient ani-
mées d'un léger frémissement.

— Tu sais probablement que j'ai un journal?

— Je sais aussi qu'il s'intitule *l'Echo de Saint-*

Germain-des-Prés et j'ai lu les deux premiers numéros.

— Boussous, que j'ai mis à la tête, n'est peut-être pas un aigle, mais c'est un vieux journaliste de métier. Je lui ai téléphoné hier à ton sujet.

— Ah !

— Tu sais ce que sont ces journaux électoraux, qu'on laisse tomber une fois les élections finies. Cela ne donne pas un travail fou, surtout en ce qui concerne la rédaction.

Il ne broncha pas, et son silence énerva Marcel.

— Boussous, cependant, est enchanté que tu lui donnes un coup de main. Il suppose que tu as l'intention d'écrire des échos, peut-être quelques articles. Tu ne comptes pas les signer ?

— Certainement pas.

— Je crois que cela vaut mieux, en effet. Il ne faut pas oublier que tu es mon frère et que nous portons le même nom.

— J'y ai pensé. C'est justement à cause de cela que je crois que nous devons nous y prendre autrement.

— Que veux-tu dire ?

— Que le public saura fatalement que je suis ton frère et que je travaille au journal. Or, tu es un homme très riche, très en vue. Je ne mésestime pas la valeur de Boussous, que je ne connais pas encore, mais ce n'est après tout qu'un journaliste de troisième zone. Cela pourrait paraître étrange que ton frère travaille sous ses ordres.

— Je ne vois pas comment nous pourrions faire autrement.

— Renée a dû te dire que c'est une place de directeur qui m'est offerte par ailleurs et que je n'ai pas encore refusée. Là-bas, j'aurais l'avantage de créer le journal de toutes pièces, à ma propre idée. On me donne carte blanche.

— Boussous n'acceptera jamais qu'on empiète sur ses prérogatives.

— D'après la manchette du journal, il porte le titre de rédacteur en chef et je n'ai pas vu qu'il y fût fait mention d'un directeur.

— Le directeur, en réalité, c'est moi.

— Eh bien, je te déchargerai de cette tâche. Tout en prenant tes directives, bien entendu, et en m'engageant de ne rien faire sans te consulter. Je suis persuadé que c'est ce que Renée a compris.

— Vous êtes entrés tous les deux dans ces détails?

C'était admettre qu'elle ne lui disait pas nécessairement tout.

— Peut-être pas d'une façon aussi explicite. Je compte lui en parler aujourd'hui.

— Ce n'est pas nécessaire. Renée a une vie mondaine absorbante. En ce moment, elle doit être à la plage et je ne l'attends pas pour déjeuner. Je dois la retrouver cet après-midi aux courses et, ce soir...

— Je compte précisément aller aux courses.

Il avait gagné la partie, sans avoir une seule fois besoin de se fâcher, de menacer. Il était allé aux courses. Il y avait, au casino, une matinée enfantine et il y avait déposé Bob.

C'était la première fois de sa vie qu'il mettait les pieds sur un hippodrome. La réunion était particulièrement brillante. Pour rencontrer son frère et sa belle-sœur, il avait pris un ticket de pesage.

Cela l'excitait beaucoup. Il ne comprenait pas encore les allées et venues de la foule mais il repéra tout de suite la tribune où paradaient les célébrités et où la plupart des hommes portaient des chapeaux haut de forme gris clair comme on n'en voit plus que sur les gravures.

Il passa tout près de l'Aga Khan, qu'il reconnut d'après les photographies des journaux, et il aurait pu le toucher. Il vit des artistes célèbres et il savait que le vieux monsieur qui tripotait ses

jumelles, accoudé au rebord de la tribune des propriétaires, était de baron de Rothschild.

Il ne joua pas, parce qu'il ne connaissait pas
encore le mécanisme du Pari Mutuel. Il ne comprenait rien aux chiffres qui changeaient sans
cesse sur un immense tableau, ni aux cris que
poussaient des gens qui vendaient des petits bouts
de papiers jaunes.

C'est devant un guichet à mille francs qu'il
trouva Renée, coiffée d'un chapeau à large bord
aussi léger et transparent que les ailes d'une li-
bellule.

Elle était en beauté. Elle le savait. Des brace-
lets de brillants alourdissaient ses bras. Marcel
était un peu plus loin, à bavarder sous un arbre
avec un très gros homme au visage sanguin.

— Bonjour, François.

Il lui baisa la main. Il n'avait pas encore appris
qu'on ne baise pas la main des femmes en plein
air. Peut-être la fille du vieil Eberlin ne le savait-
elle pas non plus, car elle parut flattée.

— Marcel vient de me dire qu'il vous avait vu
ce matin. Nous sommes si bousculés, ici, qu'il
nous arrive de nous rencontrer comme des étran-
gers. Vous avez tenté votre chance?

Il répondit à tout hasard :

— Je ne suis pas joueur.

— Je suis terriblement joueuse. Vous n'avez
jamais joué aux courses? Pas une seule fois? Dans
ce cas, dites-moi un chiffre, de un à onze.

— Sept!

— Pas de chance. Il est à trente contre un. Je
le joue quand même. On dit que cela porte bonheur.

Le cheval ne gagna pas, ne fut pas même placé.
Il revit sa belle-sœur une seconde fois, devant le
guichet, mais son mari l'accompagnait et lui parlait à mi-voix.

— Venez prendre un verre à la maison demain

vers 18 heures, François. Nous y serons. C'est tellement rare que nous soyons libres !

Elle prenait la direction des opérations. Le lendemain, Marcel, maussade, essaya en vain de freiner, de soulever des objections.

— Laisse-moi régler ça avec ton frère, veux-tu? François a raison. Je commence à croire qu'il a beaucoup plus d'idées que tu n'imagines. Ne faites pas attention, François. Il est très déprimé en ce moment. Ses adversaires lui font la partie dure.

— Surtout Gianini.

— Surtout Gianini, oui! Il est inutile de vous le cacher, puisque vous le connaissez.

Gianini, lui, à cette heure-là, ignorait jusqu'à l'existence de François Lecoin qui n'avait fait que passer deux ou trois fois devant son établissement, mêlé à la foule et qui allait s'accrocher à lui avec l'opiniâtreté rageuse d'un roquet.

Il y a trois ans de cela et la partie n'était pas finie.

Le trafic, dans les rues de Paris, était plus intense. François dut s'arrêter à plusieurs carrefours. Il eut du mal à parquer sa voiture aux Champs-Elysées.

Le type était toujours dans le hall de l'immeuble, feignant d'être plongé dans la contemplation du tableau annonçant les numéros des bureaux.

Pendant la journée, François n'entrait jamais par le 609 ni par le 611, car il pouvait y avoir des gens qu'il n'avait pas envie de rencontrer.

Il passait sans bruit devant les deux portes, presque aussi silencieusement que Chartier qui, avec son corps maigre, ses épaules tombantes et son visage de travers, avait l'air d'un rôdeur de Ménilmontant.

Il glissa la clef dans la serrure, referma vivement la porte derrière lui, tressaillit, pris de peur, en trouvant quelqu'un dans son bureau.

Ce n'était que Raoul, assis dans son propre fauteuil, sans veston, selon son habitude, occupé à se verser son petit verre.

François n'avait pas pu empêcher qu'il y eût toujours une bouteille quelque part, dans un placard ou dans un classeur, et, à cause de Chartier qui ne détestait pas ça non plus, Raoul s'ingéniait à trouver sans cesse de nouvelles cachettes.

Pourquoi le regardait-il ainsi, les yeux glauques, comme à son habitude, mais le regard pesant?

Il ne se cachait pas pour boire. Il ne cédait pas la place tout de suite, bien qu'il ne fût qu'un employé.

— Tu es allé au cimetière?

— C'est Viviane qui te l'a dit?

— Je n'ai pas vu Viviane. Au fait, je crois qu'elle a téléphoné et qu'elle demande que tu l'appelles.

Il tira son portefeuille de sa poche-revolver où il avait l'habitude de le mettre et jeta une liasse de billets sur la table.

— Il a craché, dit-il laconiquement.

Il se levait enfin, se dirigeait vers la porte qui communiquait avec le bureau voisin.

— Il y a quatre ou cinq emmerdeurs qui t'attendent. Je leur ai dit que tu ne viendrais pas ce matin, mais ils ne bougent pas.

Puis, la main sur la poignée :

— Boussous veut te parler aussi. Il est à l'imprimerie. Je crois que ça ne tourne pas tout à fait rond.

Il y avait toujours un pépin ou l'autre et c'était lui, François, lui seul, qui devait se débrouiller.

Combien en avait-il sur le dos, qui n'étaient capables que de bêler :

— *Il y a quelque chose qui ne marche pas.*

Ou bien :

— *Il faut de l'argent pour...*

Toujours de l'argent! Et il en trouvait, pour eux tous, pour Raoul, pour Boussous, pour Mlle Berthe et pour Chartier, pour tous les petits crétins et les vieux ratés qui apportaient des échos ou des dessins.

— Allô, Mlle Berthe, passez-moi la rue de Presbourg, s'il vous plaît.

— Je pourrai venir vous parler ensuite?

— J'ai l'argent, rassurez-vous. Vous pourrez venir. On ne nous coupera pas le téléphone aujourd'hui.

2

— C'EST vous, Ferdinand?

Ferdinand Boussous passait toute la journée du
lundi et une partie du mardi à l'Imprimerie Cen-
trale, près de la Bourse, à faire la mise en pages
du journal.

— Si vous n'êtes pas trop occupé, patron, je
crois que vous feriez mieux de venir me voir. Je
ne peux pas quitter le marbre.

— Du vilain?

— Pas nécessairement. Il s'agit d'un petit fait
qui s'est passé à l'imprimerie ce matin avant mon
arrivée. Vous devriez essayer de faire un saut
jusqu'ici.

— Vous aurez une demi-heure pour déjeuner
avec moi?

— Si ce n'est qu'une demi-heure, oui.

Les jours de mise en pages, Boussous se contentait le plus souvent de sandwiches qu'il man-

geait dans un des bureaux vitrés mis par l'imprimerie à la disposition des rédacteurs en chef ou
des secrétaires de rédaction.

François fut obligé de rappeler la rue de Presbourg, car il avait promis à Viviane d'aller la
prendre pour déjeuner.

— Je te verrai dans la soirée, je ne sais pas
encore quand. On a besoin de moi place de la
Bourse.

Raoul attendait derrière lui, un papier à la
main.

— Qu'est-ce que c'est?

— Lis.

C'était un écho sur certaines perversions
sexuelles d'un gros industriel du Nord qui venait
passer deux ou trois jours chaque semaine à Paris.

— On publie? questionnait Raoul.

— En un peu plus vague, sans initiales. Cela
peut toujours servir. Tu es occupé? Tu déjeunes
avec moi?

— J'ai encore cinq types qui attendent. Laisse-
moi arranger le papier. Si tu passes à l'imprimerie, tu le remettras à Boussous. J'en ai deux
ou trois autres sur mon bureau qui peuvent boucher un trou.

— Je te verrai cet après-midi?

— C'est probable. Si je ne suis pas ici, tu sais
où me trouver.

Raoul n'abusait pas particulièrement du fait
qu'il était son frère. Il avait même adopté à
l'égard de François une attitude assez déférente.
Il avait commencé par jeu. Devant les gens, il
s'était mis à l'appeler patron.

Petit à petit, il en avait pris l'habitude et, s'il
y mettait de l'ironie, il était impossible de s'en
apercevoir.

Au fond, le métier l'amusait. Lui qui aimait
tant pester contre les hommes et découvrir de
nouvelles raisons de les mépriser, il en avait

maintenant l'occasion du matin au soir et il pouvait brasser de la saleté à cœur joie.

Peut-être continuait-il à être curieux de l'évolution de François et tenait-il à rester jusqu'au bout aux premières loges?

Quand le premier numéro de *la Cravache* était sorti de presse, il avait questionné, méfiant :

— Tu crois qu'il y en aura beaucoup d'autres?

C'était un hebdomadaire, et on avait fêté le centième numéro le mois précédent.

Tout se passait bien entre eux. Il n'y avait pas eu une seule vraie querelle. Des deux, c'était probablement Raoul le plus à son aise, encore que, chaque fois qu'il regardait son frère, il continuât à avoir l'air de se poser une question.

Cela s'était produit d'une façon inattendue. Tout de suite après la mort de Germaine, François n'était resté que quatre jours à Deauville où il avait décidé de retourner chaque samedi, pendant les vacances, comme les maris, laissant Bob aux soins de Mme Fraigneau, l'hôtelière.

De retour rue Delambre, tout seul, il s'était d'autant plus étonné de ne pas voir son frère et de n'en avoir aucune nouvelle que Raoul s'était dérangé pour les conduire à la gare. Il s'était rendu à l'*Hôtel de Rennes,* et avait appris que son frère était parti sans laisser d'adresse.

— Vous croyez qu'il a quitté la ville?

— Tout ce que je peux vous dire, c'est qu'il est venu chercher ses bagages en taxi.

Il avait eu le temps de passer deux week-ends à Deauville, et la disparition de Raoul lui causait une certaine déception.

Etait-il reparti pour les colonies? Il ne paraissait pas en avoir l'intention, et il était peu probable que l'idée lui fût venue de se fixer en province.

François avait pris l'habitude, pendant cette période-là, d'aller retrouver Viviane tous les soirs chez Popaul. Ils buvaient un verre ensemble, s'acheminaient vers le petit hôtel où ils occupaient toujours la même chambre. Deux fois, ils avaient dû attendre dans le corridor qu'elle fût libre.

— Tu vois que tu avais tort de te mettre des idées en tête !

Elle devait avoir raison, car il avait retrouvé toute sa vigueur, et même une vigueur qu'il n'avait jamais connue, sinon peut-être du temps d'Aimée. Avec cette différence qu'avec la femme de son ancien patron, c'était elle qui agissait. En somme, il s'en rendait compte à présent, elle l'avait traité exactement comme un homme traite une gamine dont il a envie.

Viviane, elle, toujours calme, continuait à l'observer avec curiosité. Après, pendant qu'ils faisaient leur toilette, elle lui parlait parfois de son fils. Elle lui avait demandé de lui montrer le portrait de Bob, et, le dimanche suivant, François avait fait photographier celui-ci par un photographe en plein air.

Paris était presque vide. Les rues devenaient plus sonores et, même rue de la Gaîté, on avait souvent devant soi une longue perspective de trottoir désert. Des gens prenaient le frais sur leur seuil, comme à la campagne, certains amenant leur chaise avec eux.

— Cela vous ennuierait, un soir, de venir dîner avec moi ?

Dans la chambre, elle avait gardé l'habitude professionnelle de lui dire tu. Or, quand ils s'étaient assis à la terrasse d'un petit restaurant du boulevard Montparnasse, avec des plantes vertes derrière eux, le vous lui était venu naturellement.

— Cela ne vous gêne pas qu'on nous voie dans votre quartier ?

C'est ce soir-là qu'il apprit qu'elle habitait à quelques maisons de chez lui, dans la rue Delambre, où il ne l'avait jamais rencontrée. Chose plus inattendue, elle ne put pas le faire monter chez elle comme il en avait envie, car sa propriétaire ne lui permettait pas de recevoir des visites masculines. C'était une maison sérieuse, comme un îlot vertueux, avec un vieil aumônier qui habitait le troisième étage.

Il était environ 9 h 30 du soir. Ils étaient debout sur le trottoir et la nuit n'était pas tout à fait noire, le ciel se reflétait dans les rues où la lumière des réverbères n'avait pas encore d'éclat. Ils devaient ressembler à tous les couples qui cherchent sur quelle phrase se quitter sans trouver les mots pour exprimer la vague tendresse qui les amollit. C'est à ce moment-là que François avait aperçu une silhouette qui paraissait attendre un peu plus loin, du côté de chez lui.

Il avait reconnu Raoul et, à cause de lui, il avait pris congé maladroitement.

— J'espère que je ne t'ai pas dérangé? fit son frère quand il le rejoignit. Ta concierge m'a dit que tu avais l'habitude de rentrer vers cette heure-ci et j'ai attendu en prenant le frais.

— Il y a longtemps que tu es là?

— Une petite demi-heure. Tu m'invites à prendre un verre quelque part?

Il faisait meilleur dehors et François n'avait pas envie de se retrouver en tête à tête avec son frère dans l'appartement dont il n'avait pas eu le temps de faire le ménage. En l'absence de Bob, il était moins soigneux. En outre, il faudrait acheter une bouteille et Raoul ne s'en irait pas avant de l'avoir vidée.

— Allons à la terrasse du *Dôme,* proposa-t-il.

— Si cela ne te fait rien, je préférerais un bistrot.

Il y en avait un dans la rue, avec juste deux guéridons sur le trottoir. Viviane aurait pu les voir de sa fenêtre qui venait de s'éclairer.

— Qu'est-ce que tu bois François?

— Un quart Vichy. J'ai bu assez de bière aujourd'hui.

— Pour moi garçon, ce sera un double cognac.

Il y avait quelque chose de changé en lui. D'abord, il n'avait certainement pas bu autant que les autres jours à pareille heure. Il était plus calme, moins agressif, sa chemise était presque propre.

— Que raconte Marcel?

La concierge avait dû lui dire, les premiers jours, qu'il était à Deauville, car François n'avait pas pu s'empêcher de l'annoncer à tout le quartier. Peut-être avait-il eu l'idée d'acheter *l'Echo de Saint-Germain-des-Prés* et avait-il vu le nom de son frère sur la manchette?

— Marcel est toujours le même, assez fatigué. Il ne me paraît pas bien portant.

— En tout cas, tu as fait vite! Tu as laissé Bob au bord de la mer?

C'était une de ses premières questions, assez inattendue de la part d'un homme qui prétendait détester les enfants et qui avait déclaré :

— Ils font toutes les grimaces des hommes qu'ils deviennent et, en outre, ils se souviennent de celles de leurs aïeux les singes.

Or, cet homme-là questionnait, un peu gêné :

— Il va bien? Tu as trouvé quelqu'un pour s'occuper de lui? Car je suppose que notre cher frère n'a pas été jusqu'à te proposer de l'héberger et de lui faire partager les jeux de ses filles?

— Non.

En fait, il y avait, parmi les clients de l'*Hôtel du Port*, une femme encore jeune, avec un grand garçon maigre, et celui-ci s'était pris d'amitié pour Bob, de sorte que l'enfant les accompagnait chaque jour à la plage et mangeait à leur table.

— On m'a annoncé que tu avais quitté ton hôtel, Raoul.

— Tu es allé te renseigner?

— Je me suis étonné de ne pas te voir, de ne recevoir aucune nouvelle. Il y a maintenant près d'un mois que... *Germaine est morte.*

Ces mots, qu'il prononçait à tout bout de champ les deux premiers jours, qu'il lançait aux gens ainsi qu'un slogan publicitaire, lui devenaient de plus en plus difficiles à prononcer, comme s'il était pris de pudeur.

— J'ai eu à m'occuper de mes affaires, expliquait Raoul sans conviction. Cela ne t'ennuie pas que je commande un second verre?

— Garçon, la même chose!

Cela avait pris du temps. Dès qu'on parlait de lui, Raoul devenait évasif et il pouvait rester longtemps à fixer son interlocuteur d'un regard absent en gardant le silence.

— Tu veux monter une affaire à Paris?

— Non.

— As-tu l'intention de retourner aux colonies?

— Cela rencontrerait un certain nombre de difficultés.

Sur ce point-là, après trois ans, François n'en savait pas plus. Il avait dû se passer quelque chose au Gabon, probablement une assez vilaine histoire, et ce bout de phrase-là fut la seule allusion que Raoul y fit jamais.

N'était-il pas pour le moins surprenant qu'après tant d'années il revînt des tropiques sans un sou en poche?

Vers le cinquième verre, il avait fini par avouer, très simplement :

— J'ai dû me chercher une place.

— Une place de quoi?

Il ne pouvait pas croire que son frère, à quarante-six ans, se trouvait dans la même situation triviale que lui un mois plus tôt, à courir les petites annonces, les antichambres et les bureaux de placement. Raoul était l'aîné et avait toujours joui à ses yeux d'un certain prestige, surtout après son départ pour les pays chauds. Il est vrai que, quelques semaines plus tôt, au point où il en était, tout le monde avait du prestige à ses yeux!

Les deux bouteilles de fine, la tarte à la crème, le revolver de Bob avaient été les dernières somptuosités de Raoul et c'est pourquoi, tout à l'heure, il avait demandé à François, qui n'avait pas compris tout de suite, si celui-ci voulait lui offrir à boire.

— Tu as trouvé?

— J'ai commencé lundi.

— Qu'est-ce que tu fais?

Raoul n'avait pas cherché à l'attendrir, ni à le taper.

— Je suis magasinier dans une maison de primeurs de la rue Coquillière, aux Halles. Je ne sais pas si c'est le titre exact. Cela n'a pas beaucoup d'importance. Je commence à 11 heures du soir, quand les camions arrivent de la campagne... Un carnet à la main, je note les cageots et les sacs à mesure que l'on décharge. Ce n'est pas difficile, ni fatigant. Les pauvres bougres, ce sont ceux qui déchargent. L'équipe n'est jamais la même. Tantôt il y en a trop qui se présentent et tantôt je dois aller en ramasser sur les trottoirs. On les trouve qui attendent devant la friture en plein vent au coin de la rue Montmartre, attirés par l'odeur.

— Où habites-tu?

— J'ai loué une chambre dans un meublé, tout à côté de mon travail.

Peut-être dans un des petits hôtels où François suivait jadis les filles qu'il ramassait autour de boulevard Sébastopol? Il avait le souvenir d'une rue grouillante et sale, toujours pleine du vacarme des camions, avec des portes cochères sur des cours encombrées.

— Et voilà, mon garçon. Je t'ai vu. Tu as été bien gentil de m'offrir à boire. Un jour ou l'autre, ou plutôt un soir, car je dors l'après-midi, je viendrai à nouveau te demander un verre.

François avait tout juste eu vent de l'histoire de Gianini et de la petite fille. Il n'avait rencontré que deux fois l'ex-inspecteur Piedbœuf et ignorait encore tout le parti qu'il en tirerait.

C'est au cours des semaines suivantes, quand il avait entrevu la possibilité de voler par ses propres ailes, que l'idée lui était venue, encore vague, de s'attacher Raoul. Ce n'était pas par pitié, ni par devoir. C'était encore moins comme l'avait fait Marcel avec lui.

— Si je fondais un petit hebdomadaire d'échos pour mon compte, accepterais-tu de venir avec moi?

— Pour quoi faire?

— Je ne sais pas au juste. Pour m'aider.

— L'affaire Gianini te met en appétit?

— Celle-là et d'autres.

— Tu crois que je suis assez canaille?

François ne s'était pas vexé.

— Penses-y. Moi, j'envisage la chose sérieusement.

— *A priori*, je ne dis pas non.

— Tu seras libre, évidemment.

— J'y compte. Je peux te poser une question?

— Vas-y.

— Boussous marche avec toi?

— Il sera mon rédacteur en chef.

— Et Marcel?

— Non.

— Et Renée?

— Peut-être d'une certaine façon. En tout cas, pas en nom.

— Ce qui signifie qu'elle te fournira les premiers fonds?

— En partie

Presque tous ces entretiens avec Raoul se passaient à la terrasse des cafés pour laquelle, peut-être d'avoir passé des années dans la brousse, il avait une prédilection marquée. Il pouvait y rester des heures à empiler soucoupe sur soucoupe, même quand la pluie formait une poche menaçante dans le vélum, au-dessus de sa tête, et que le vent chassait de grosses gouttes d'eau jusqu'à son guéridon.

Un soir, il avait décidé, en regardant tranquillement son frère dans les yeux :

— J'essaie. A partir de lundi, si tu n'as pas changé d'avis tu deviens mon patron.

C'était lui qui accusait leur mère et les hommes en général de masochisme. Toutes ses paroles de la première nuit étaient restées gravées dans la mémoire de François, qui aurait pu les réciter comme un catéchisme.

— Les gens adorent se faire souffrir, pas seulement physiquement, mais moralement. C'est inouï le nombre de ceux qui éprouvent une réelle volupté à s'humilier, à se mettre plus bas que terre. Et ce sont les mêmes, remarque-le, qui se plaignent de ne pas avoir de chance ! Certains qui ont une situation importante, dirigent une grosse affaire, disposent d'un immense pouvoir, vont chaque semaine chez les maquerelles, dans des entresols plus ou moins discrets, pour se faire fouetter ou botter le derrière.

François s'était souvent demandé si son frère n'avait pas éprouvé un amer plaisir à se mettre sous ses ordres.

— Encore un mot avant le oui définitif. Il vaut mieux que nous sachions tous les deux à quoi nous en tenir. Tu sais que je suis un ivrogne convaincu, n'est-ce pas ?

— Je sais.

— Je t'avertis que je ne changerai rien à mes

habitudes. Voilà. Si cela te convient, je n'ai plus rien à te dire.

Il avait continué à boire, sans que jamais on ait eu à s'en plaindre sérieusement.

-:-

— Quand François sortit de l'ascenseur, au rez-de-chaussée, l'homme n'était plus dans le hall, mais il l'aperçut sur un banc de l'avenue, à une quinzaine de mètres, à l'ombre d'un arbre.

Il ne le suivit pas plus que le matin. Si c'était vraiment pour François qu'il était là, comme c'était probable, ce n'était pas les faits et gestes de celui-ci qui l'intéressaient, mais plutôt les visites que son bureau recevait et dont il devait tenter d'établir la liste.

Peut-être espérait-il voir Piedbœuf entrer dans l'immeuble? Cela prouvait, en tout cas, que les précautions spectaculaires de l'ex-inspecteur n'étaient pas si ridicules que ça.

Il eut un certain mal à dégager sa voiture et faillit en accrocher une autre. A la Bourse, il eut plus de peine encore à trouver une place où stationner, car c'était l'heure de pleine effervescence et on entendait de loin les hurlements des commis sous la colonnade.

L'imprimerie abritait un assez grand nombre de journaux, entre autres deux feuilles financières et des organes corporatifs comme le *Journal de la Boucherie française.*

Les rédacteurs en chef avaient leur jour et disposaient tour à tour de trois bureaux vitrés d'où l'on voyait les marbres et les linotypes. C'était un va-et-vient perpétuel de reporters et de garçons de course et tout le monde avait des épreuves humides ou des morasses à la main.

Dans sa cage, Boussous, en bras de chemise, non rasé comme à l'ordinaire, était assis devant

trois demis qu'un garçon venait de lui apporter
d'un café voisin.

C'était un ivrogne aussi, comme Raoul et
comme Piedbœuf, mais chacun l'était d'une façon
différente des autres.

Chartier, le garçon de bureau, les appelait *Les
Trois Gras,* et Boussous était le plus gros des
trois, si gros qu'il avait peine à s'introduire dans
les taxis. Il ne buvait que de la bière, du matin
au soir, trente demis par jour, ainsi qu'il l'annonçait complaisamment, davantage quand il passait
une partie de sa nuit à boire et à fumer des pipes
en compagnie d'un camarade.

— Vous pouvez venir maintenant, Ferdinand?

Malgré son ventre qui lui tombait sur les cuisses,
il était le plus léger des trois et il se dandinait
comme une femme en marchant. A cause de cela,
on aurait pu le prendre pour un pédéraste — ou
pour un eunuque — s'il n'avait pas été quoti-
diennement accompagné, à l'heure de l'apéritif
et du dîner, par l'une ou l'autre de ses nièces.

C'était une vieille habitude d'appeler ainsi les
gamines mal portantes et miteuses, souvent jolies,
dont il était toujours flanqué et qu'il ramassait
Dieu sait où. Il devait avoir un secret pour les
dresser car elles se montraient humbles et respec-
tueuses, attendant avec déférence, sur la banquette, qu'il voulût bien se souvenir de leur
présence et leur commander une choucroute garnie.

— Je donne les morasses à Gaston et je vous
suis, patron.

Gaston était le metteur en pages, qui levait les
bras au ciel chaque fois qu'on lui apportait la
copie et qui jurait toujours que « ça n'entrerait
pas ».

— Mon frère m'a donné quelques échos.

— N'en parlez pas à Gaston. Complet pour la
semaine. Vous me les passerez au bureau. Il faut

qu'on boucle les formes avant 15 heures. Aussi, j'espère que vous ne m'emmenez pas encore faire un de vos terribles gueuletons au *Dindon farçi*?

Ce qui voulait dire qu'il en avait envie.

C'était à deux pas, un des meilleurs restaurants de Paris, fréquenté surtout, à l'heure de midi, par des gens de Bourse, mais aussi par quelques politiciens, et on y voyait de temps en temps un ministre ou le puissant directeur d'un grand quotidien.

— Une table pour M. François! lançait le maître d'hôtel, à qui François ne manquait jamais de serrer la main.

Certes, il y avait un certain nombre de gens, même ici, qui ne saluaient pas le directeur de *la Cravache,* mais ceux qui l'appelaient « cher ami » étaient aussi nombreux, sinon plus.

A la longue, François s'était habitué, de son côté, à prononcer sur le ton qui convient ces deux mots-là et à les adresser à des gens qu'auparavant il aurait appelé en tremblant : « monsieur le Directeur. »

Il savait dire, avec une désinvolture atténuée d'une pointe de déférence : « mon cher Président » ou « mon cher Ministre ».

Il ne s'était pas encore lassé des restaurants de luxe. Il ne s'en lasserait probablement jamais. Il aimait voir le lourd chariot d'argent qui contenait la pièce de bœuf ou l'agneau entier et c'était un plaisir toujours renouvelé devant les hors-d'œuvre les plus fins.

Que de fois il avait collé son visage à la vitrine du charcutier de la rue Delambre, à l'époque où les coquilles de homard constituaient pour lui le comble du raffinement! Une fois, une seule, il en avait acheté quatre d'un coup. Et, de ce jour-là, datait sa nouvelle vie.

— Une carafe de pouilly-fuissé, Ferdinand?

C'était une vieille taquinerie. Même à table,

même ici, Boussous ne buvait que de la bière et y mettait probablement une certaine affectation, car il appartenait à une époque où la bière, la choucroute garnie et la pipe étaient comme l'apanage des journalistes.

— Que me conseillez-vous, Germain ? Pour moi, quelque chose de léger.

— Des côtelettes de pré-salé pommes paille ?

Il finissait invariablement par commander un plat à sauce, aussi compliqué que possible, avec des champignons et des truffes, qui le changeait davantage de la cuisine pauvre à laquelle il avait été habitué.

— Le soufflé de rognon est bon ?

— Je vous le recommande.

Pour Boussous, c'était une volaille ou un chateaubriand avec énormément de pommes soufflées. Il avait un gros appétit. La quantité comptait beaucoup pour lui, car il devait avoir eu faim. Cela se sentait à la façon dont il prononçait :

— Un steak bien épais !

— Et maintenant, mon vieux Ferdinand, nous pouvons causer.

— Ce ne sera pas long. Je ne suis pas sûr que ce soit important, mais ça me tracasse depuis le matin. Quand je suis arrivé à l'imprimerie, à 10 heures...

— A 10 heures ?

Tout le monde savait qu'il s'arrachait avec peine à un lit qui devait sentir la bière.

— Mettons 10 h 30. Quand je suis arrivé, dis-je, j'ai été étonné de ne pas trouver le paquet d'épreuves sur le bureau, comme d'habitude. J'ai pensé que Gaston était en retard ou m'avait oublié. Je suis allé au marbre. Vous savez de quel poil il est le mardi matin, avec trois journaux sur le dos.

« — Vos épreuves ? a-t-il crié. Il y a une heure

qu'on vous les a portées, vos épreuves! Je les ai vues moi-même sur votre bureau. »

« J'ai cherché. J'ai questionné le gamin qui ramasse les vieux papiers, puis le bonhomme qui se tient à la porte.

« Cela m'a pris un certain temps pour apprendre qu'on avait vu quelqu'un avec nos épreuves à la main, un type auquel on n'a pas fait attention, croyant qu'il appartenait à une des rédactions.

« C'est un petit gros, avec des verres très épais et un chapeau de paille. Quand il est sorti, il portait une serviette en cuir. Il paraissait pressé. Baptiste, l'homme de la porte, a remarqué que ses souliers jaunes étaient très usés.

— Police? questionna François.

— Je ne sais pas. En tout cas, cela ne m'a pas l'air de venir du quai des Orfèvres. Ceux de la P. J., je crois les connaître tous et je n'en vois pas qui réponde au signalement du type. D'ailleurs, ce n'est pas dans leur manière. Si cela venait de chez eux, leur homme ne se serait pas gêné. Il ne serait pas parti avant mon arrivée. Il se serait assis sur un coin de mon bureau. Il aurait pris les papiers, d'un air narquois. Il m'aurait dit quelque chose dans le genre de :

« — Dites-donc, Boussous, je regrette d'emporter ça, mais le patron aimerait y jeter un petit coup d'œil. »

« Vous les connaissez. Ils ne se cachent pas. Au contraire. Ils essaient plutôt d'intimider.

— Gianini?

— C'est ce que j'ai pensé en premier lieu, encore que cela ne lui ressemble pas beaucoup non plus. Ceux-là sont plus brutaux. La description qu'on m'a donnée est vague, mais cela a fini par me rappeler quelque chose.

« Je connais quelques bonshommes de la rue des Saussaies aussi. Or, il y a là-bas un petit gros, aux épaisses lunettes, qui a toujours un air minable. Il a un drôle de nom que je n'arrive pas à retrouver.

« Ce que je sais, c'est qu'il ne s'occupe ni des crimes, ni de rien de semblable. Il travaille directement avec le grand patron. C'est lui qui fait la besogne spéciale pour le ministre, surtout la besogne politique.

« Vous voyez ça?

Et, sans avoir perdu une bouchée, Boussous grommela :

— Peut-être que nous sommes allés trop loin? J'ai relu presque tout le numéro, après. Je ne vois rien de plus violent que d'habitude. Et, depuis le temps que dure l'affaire Gianini, cela m'étonnerait qu'ils prennent tout à coup la mouche.

Boussous n'avait été toute sa vie qu'un journaliste de deuxième ordre et même de troisième, passant d'un journal à l'autre, des chiens écrasés à une rubrique politique ou littéraire, avec parfois, au moment des élections, la direction d'une feuille éphémère. Mais il connaissait à fond les coulisses d'un certain Paris et se trompait rarement.

— Je ne veux pas avoir l'air de me donner raison, patron. Je vous ai toujours dit que vous alliez trop fort. Surtout, ce qui est plus grave, il vous arrive de ne pas respecter les règles du jeu. Si j'ai le temps, ce soir, je relirai tous les derniers numéros afin de savoir ce qui a pu nous les mettre à dos.

« Dès maintenant, je trouve que ça sent mauvais. Avec Gianini et ses gangsters, on ne risque jamais qu'un mauvais coup et je ne crois pas qu'ils s'y hasarderaient actuellement. Quand ils vous ont attaqué au *Fouquet's,* c'était pour vous donner une leçon et parce qu'ils croyaient vous impressionner.

« Le quai des Orfèvres ne me fait pas trop peur

non plus. La plupart, là-bas, sont de braves types qui ne s'occupent que de leur boulot.

« Rue des Saussaies, c'est une autre histoire. On est à l'étage au-dessus. On est presque tout en haut. Je souhaite me tromper, mais je me demande si, tout en haut, justement, on n'a pas décidé d'en finir.

« A tout hasard, et pour éviter qu'on saisisse demain le numéro au moment de la mise en vente, j'ai atténué certains textes, sur le marbre.

— Quelle est la *Tête de Turc*?

— Pas méchante. C'est une *payante*.

François se souvint d'avoir vu sur la maquette de la couverture le croquis d'une jeune et jolie femme, sans doute une starlette de cinéma à qui son amant offrait un peu de publicité.

Chaque semaine, *la Cravache* publiait sur sa couverture la tête d'un personnage plus ou moins célèbre, que ce fût dans la politique, dans les affaires, dans le théâtre ou la littérature.

Selon le mot que Boussous venait de prononcer et qui était familier au journal, il s'agissait cette fois d'un *payant*, c'est-à-dire que l'article qui suivait le croquis avait été payé au tarif fort.

C'était donc gentil avec juste assez de rosserie pour ne pas sentir la publicité et cadrer avec le ton général de *la Cravache*. Les *Têtes de Turc* qui rapportaient gros étaient celles qui ne paraissaient pas et qu'on composait avec le plus grand soin. La rédaction en était généralement confiée à Boussous. Il y travaillait à une table de brasserie, suant et buvant de la bière, passant le bout de la langue entre ses grosses lèvres comme un écolier.

Le reste, sauf de rares exceptions, c'était l'affaire du garçon de bureau, Chartier, qui était passé maître en la matière.

— Jusqu'à combien je descends, patron? demandait-il avant de partir. Vingt mille? Dix mille?

Sa fierté était de rapporter plus que le minimum indiqué. Un jour, il avait obtenu cinq fois le chiffre prévu.

La méthode ne variait guère. Il s'en allait, en métro ou en autobus, tranquillement, la démarche de travers. Que ce fût dans un hôtel particulier ou dans d'importants bureaux, il était rare qu'il ne parvînt pas à se faire recevoir, peut-être parce qu'il savait s'y prendre avec les domestiques et les huissiers. Or, c'était le plus difficile de sa tâche. La suite était une sorte de comédie qu'il adorait jouer et qu'il fignolait.

— Pardonnez-moi d'avoir pris la liberté de vous déranger, mais tout à l'heure j'ai reçu un choc et, au risque de perdre ma place, j'ai décidé de vous parler coûte que coûte. Promettez-moi de ne répéter à personne ce que je vais vous dire. Les temps sont durs, monsieur. Un homme comme moi, à quarante ans, est parfois obligé, parce qu'il a une famille...

Chartier avait toujours été célibataire.

— ... d'accepter des travaux dont il a honte. Vous connaissez de nom François Lecoin? Peu importe. Il est mon patron, malgré moi, ce qui me permet de voir de près ce qui se passe à *la Cravache*. Or, voilà ce que j'ai ramassé cet après-midi sur un bureau.

C'étaient les épreuves en placard d'un article bien fielleux qui, sous couvert de raconter la carrière du personnage, faisait de larges incursions dans sa vie privée et mettait l'accent sur les à-côtés honteux.

— J'ai ma conscience, malgré tout, et j'ai décidé de vous avertir. Je ne sais pas ce que vous pouvez faire. Le journal paraît après-demain. Peut-être est-il encore temps?

Cela réussissait neuf fois sur dix.

— Remarquez que François Lecoin n'est probablement pas au courant de cet article. Il n'entre guère dans les détails de la rédaction. Mais il y a près de lui certain personnage sans serupules...

Peut-être, en versant une certaine somme à ce personnage-là? Chartier était prêt à s'interposer. Il le faisait. Il courait voir le méchant auteur de l'article, revenait, navré et indigné.

— J'avais compté que vous vous en tireriez avec une petite somme, car notre homme est criblé de dettes. Malheureusement, il y a plus grave. Le journal est en route. Il faudrait arrêter le tirage et indemniser l'imprimerie.

Les articles qui ne paraissaient jamais étaient les plus importants et, quand d'aventure le coup ratait, ce n'était pas un mal. Il était indispensable que des textes virulents parussent, pour les lecteurs d'abord, ensuite pour faire réfléchir les futures victimes.

— A propos, se rappela Boussous en bourrant lentement sa pipe, qu'il aimait fumer à groses bouffées dans les endroits les plus élégants, j'ai eu ce matin un petit billet de Piedbœuf.

Il le chercha dans toutes ses poches et finir par l'en tirer en même temps qu'un trousseau de clefs. Cela avait été écrit dans un café, mais l'ex-inspecteur avait prudemment déchiré le coin où était l'en-tête. Comme d'habitude, il n'y avait pas de signature.

« *Je voudrais voir le chef cet après-midi. Très important. S'il veut être à 17 heures au bar qui fait le coin de l'avenue de Wagram et de la rue Brey, je l'appellerai au téléphone pour lui dire où je serai.* »

— Je crois que vous feriez bien de lui téléphoner.

Et Boussous regardait François à la dérobée, de la même façon que tout le monde le regardait à présent, avec un mélange de confiance et d'inquiétude, et toujours un certain étonnement.

Car François ne paraissait pas ému. On aurait dit que tout cela était trop peu de chose.

— Maître d'hôtel ! L'addition !

Il se sentait généralement lourd, un peu somnolent, après un déjeuner copieux, bien qu'il ne bût jamais plus de deux verres de vin.

3

IL avait dû téléphoner à nouveau rue de Presbourg. Viviane avait l'habitude de ces coups de
téléphone qui changeaient ou annulaient leurs
rendez-vous.

— Ne m'attends plus aujourd'hui. Cela
m'étonnerait que je sois encore libre avant ce soir.

— Tu couches rue Delambre?

Elle n'était pas seule. Il y avait chez elle une
amie, Mimi, qui habitait l'appartement au-dessus
du sien et qui était entretenue par un armateur
de Nantes. Il venait une fois par semaine à
Paris, à jour fixe. Les deux femmes passaient
des heures ensemble, à bavarder, parfois à coudre,
à se faire des essayages, car Viviane avait gardé
l'habitude de faire elle-même ses « petites robes ».

— J'irai sans doute au cinéma avec Mimi, an-
nonça-t-elle. Tout va bien?

— Mais oui.

— Tu ne me caches rien? Tu n'as pas d'ennuis?

Un jour, alors qu'ils étaient déjà ensemble et qu'elle ne mettait plus les pieds chez Popaul depuis plusieurs mois, la police des mœurs l'avait arrêtée, au moment où elle déjeunait, sous prétexte que sa carte de prostituée n'était pas en règle.

Elle ne vivait pas encore rue de Presbourg mais dans un appartement meublé de la rue Daru, à deux pas des Ternes, et prenait ses repas dans un restaurant d'habitués, rue du faubourg Saint-Honoré. Elle était aussi tranquille, aussi convenable qu'à présent; l'inspecteur l'avait fait exprès de parler haut, afin que tout le monde, autour d'eux, sût qu'elle était une fille en carte.

On l'avait emmenée au Dépôt, et elle avait passé une première nuit avec les filles ramassés par le panier à salade; le lendemain matin, toute nue, elle avait attendu, au premier étage, derrière des douzaines d'autres, son tour de visite médicale.

C'était François qu'on visait. Grâce à une des filles relâchées ce jour-là, qu'elle avait pu charger d'un message, il avait été mis au courant. Il n'avait pas hésité à accourir, s'était heurté à des règlements formels.

Cela avait exigé plusieurs jours d'enquête et de formalités compliquées, au bout desquels il avait dû déclarer par écrit qu'il subvenait à tous les besoins de la jeune femme, et prenait la responsabilité de sa conduite.

C'était un avertissement, le premier, guère plus agréable que celui que les hommes de Gianini lui avaient donné plus tard à la terrasse du *Fouquet's*. Cela ne venait probablement pas de très haut, peut-être de l'inspecteur Boutarel, qui avait dû croire que François n'oserait pas intervenir.

Ces gens-là se trompaient sur son compte. Ils se trompaient tous, Boussous aussi, et Piedbœuf, et même son frère Raoul. Piedbœuf, par exemple, était persuadé que c'était par candeur, par naïveté ou par bêtise qu'il ne s'effrayait jamais.

Cette fois, au téléphone, il lui avait donné rendez-vous au *Globe,* une brasserie du boulevard de Strasbourg où se réunssaient les comédiens de tournés et les figurants de cinéma.

« — Vous monterez au premier, chef; vous me trouverez près des billards. »

Il avait envoyé ainsi François dans les endroits les plus inattendus de Paris et de la banlieue. Et pourtant, d'aspect, c'était l'homme le moins romantique et le moins susceptible d'être sensible au pittoresque.

C'était un fils de fermiers normands, court sur pattes et trapu, si large qu'il en était presque difforme. On sentait sous sa chair drue une carcasse de gorille et, avec l'âge, il avait pris l'embonpoint de ces marchands de bestiaux qu'on voit dans les foires de son pays; il en avait l'accent, le visage couperosé qui faisait souvent craindre un coup de sang et qui, parfois, en fin de soirée, tournait au violet.

Il buvait des petits verres de calvados et connaissait tous les estaminets de Paris où on en sert du bon. Dès le milieu de l'après-midi, sa voix devenait rauque.

— Vous vous êtes assuré qu'on ne vous suivait pas?

Comme François ne répondait pas, il grommelait, bourru :

— Ne faites pas le malin. Vous n'êtes pas seul dans le coup. Celui qui risque de trinquer le plus, ce n'est pas vous. Avez-vous seulement remarqué qu'on vous a mis un inspecteur en faction aux Champs-Elysées? Moi, je n'ai pas besoin d'y aller pour savoir que c'est Charruaud, un nouveau de la rue des Saussaies.

— Et celui qui est venu ce matin à l'imprimerie et qui est parti avec les morasses?

Piedbœuf le regardait, l'air important, comme furieux, en chauffant son verre dans la paume de son énorme main.

Il sentait toujours le calvados à plein nez, au point qu'on en était incommodé et qu'on devait détourner la tête. Comme tous ceux qui ont l'haleine forte, il avait la manie ou le vice de vous souffler au visage en parlant et, au besoin, de vous maintenir à portée en vous tenant par le revers du veston.

Il avait été agent de police en uniforme pendant des années, le sergent de ville à l'ancienne mode, ivrogne et débraillé, à peu près illettré, et c'était en ce temps-là une figure pittoresque du quartier Saint-Michel.

Grâce à son beau-frère, qui occupait un poste assez important au ministère de l'Intérieur, il avait passé tant bien que mal son examen d'inspecteur et avait été versé dans la brigade des mœurs.

Le crédit de son beau-frère, cependant, n'avait pu l'y maintenir plus de huit ans, car, en civil, livré à lui-même, Piedbœuf s'était mis à boire plus que jamais et à se conduire comme une sorte de satrape avec les filles publiques qu'il était chargé de surveiller.

On l'avait accusé d'exiger des redevances régulières de certaines d'entre elles, en nature comme en argent, et celles qui avaient tenté de s'y soustraire l'avaient payé cher.

A la fin, on s'était débarrassé de lui, en le mettant à la retraite anticipée, et il ne l'avait jamais pardonné à ses anciens collègues ni à ses anciens chefs.

François avait failli ne pas le connaître, car la première lettre qu'il avait reçue de lui, et qui n'était d'ailleurs pas signée, n'était pas faite pour donner confiance. Boussous, consulté, ne s'était pas montré emballé.

— Probablement un maniaque. Vous en verrez beaucoup. Il n'y a rien comme les journaux pour les attirer.

François travaillait encore pour Marcel à l'*Echo de Saint-Germain-des-Prés*. A tout hasard, il avait publié un premier article sur Gianini, dans la forme des articles de campagne électorale, avec des accusations vagues et la promesse d'en dire bientôt davantage.

— Pas si bête, avait approuvé Boussous. Vous allez voir que nous n'aurons plus à nous déranger. Dès demain, nous recevrons quantité de lettres nous fournissant tous les renseignements imaginables sur notre adversaire, vrais ou faux. C'est le truc classique. Je ne savais pas que vous le connaissiez.

Boussous avait accepté François avec indifférence. Pour lui, c'était le frère du grand patron, de celui qui payait, et il en avait vu d'autres, il avait été à la solde de toutes sortes de gens.

Le premier billet de Piedbœuf disait :

« *Si vous avez l'intention de démasquer Gianini, si vous avez vraiment le courage de vous attaquer à lui et à sa bande, si vous n'avez pas peur de frapper très haut, beaucoup plus haut que vous ne pensez, soyez mercredi à 15 heures à l'entrée principale du Jardin des Plantes et tenez un numéro du journal à la main.* »

Piedbœuf, ce jour-là, avait pris le temps d'examiner François pendant un bon quart d'heure avant de l'accoster.

— Venez sur un banc, en face des girafes, là où il y a le plus de monde. C'est dans la foule qu'on risque le moins d'être remarqué.

Il devait attendre cette occasion-là depuis longtemps, et sans doute avait-il écrit des douzaines de lettres aux journaux sans résultat. Son heure sonnait enfin et François avait bien l'air de l'homme qu'il lui fallait.

— Avant tout, mettez-vous dans la tête que Gianini, malgré son argent et ses grands airs, ce n'est rien. Un pion. Si vous voulez vraiment entreprendre le grand nettoyage, cependant, il vous servira de point de départ et je vous jure qu'il vous mènera loin. Je sais que vous êtes le frère du conseiller. Je le connais de réputation. Ce n'est pas un enfant de chœur, mais je me demande si, étant en place, il aura bien envie de se mouiller.

— Gianini?

— Un gangster. Un gangster de moyenne grandeur qui, il y a dix ans, faisait encore le maquereau et appartenait à la bande des Corses.

François ne connaissait encore ni la bande des Corses, ni celle de Dédé de Marseille, et il ignorait que la plupart des coups de feu tirés très périodiquement dans les bras de Montmartre n'étaient que règlements de compte entre les deux groupes rivaux.

— Le tout est de savoir si vous avez confiance en moi. Du matériel, j'en ai à revendre.

Il se frappait le front et ajoutait :

— C'en est plein, là ! Encore faut-il que je sois sûr que cela serve à quelque chose et que vous ne vous arrêterez pas en route. Je suis un ancien inspecteur de police et j'en sais plus long que quiconque qui pourra vous offrir des tuyaux.

— Gianini? insista François.

— Je comprends. Ce qui vous intéresse, c'est votre campagne électorale. Eh bien, je vais tout de suite vous éclairer sur votre épicier de la rue de Buci, vous donner tout au moins, pour commencer, de quoi lui casser les reins. Il y a trois ans Gianini, qui roulait en voiture avec deux poules et qui était très gai, a écrasé une gamine, avenue d'Orléans. Il ne s'est pas donné la peine de s'arrêter et la petite fille est morte une heure après à l'hôpital.

« Des témoins ont noté le numéro de l'auto. On a fait semblant d'ouvrir une enquête, mais il n'a jamais été sérieusement inquiété.

« Est-ce que vous croyez que ça vaut mille francs?

— Vous êtes sûr de ce que vous dites?

— Si vous n'avez pas confiance, il vaut mieux nous séparer tout de suite. Quand j'avance quelque chose, c'est du solide. Je vous fournirai le nom de l'agent qui a dressé le procès-verbal et celui des témoins; je vous dirai comment on s'y est pris pour faire revenir ceux-ci sur leur déposition. Je suppose que vous savez reconnaître une Bugatti grand sport d'une autre voiture? Bon! C'était une Bugatti que Gianini avait à cette époque. Il a l'habitude de changer de voiture deux ou trois fois par an. Celle-là était bleue, d'un bleu voyant.

« Le premier jour, cinq hommes étaient sûrs d'avoir reconnu une Bugatti bleue. Un droguiste a même précisé : bleu d'outre-mer. Or, quand on les a questionnés ensuite, d'une certaine manière que je connais pour l'avoir pratiquée, il n'y a plus eu qu'un pauvre type, à qui ça n'a pas profité, pour se rappeler la marque de l'auto.

« Notez que l'accident avait eu lieu en plein jour, à deux pas de l'église de Montrouge. Quant au numéro d'immatriculation, on a si bien emmêlé les témoins qu'ils ne savaient plus s'il y avait trois 7 suivis d'un 5, ou trois 5 suivis d'un 7.

« Résultat : trois ans après, Gianini ne se gêne pas pour se présenter aux élections municipales et la maman de la petite fille n'a rien touché de l'assurance.

François en avait discuté avec Boussous.

— Cela dépend de votre frère, avait répondu

celui-ci. Je ne sais pas au juste jusqu'où il veut aller. Personnellement, je veux bien.

Le premier article s'intitulait : *L'Ecraseur de l'Avenue d'Orléans.*

Il y en avait d'autres, d'un ton de plus en plus virulent, apportant de grandes précisions toujours plus troublantes.

L'homme à la Bugatti bleue.

Le Gang de la rue de Buci.

Plusieurs fois, Marcel avait téléphoné à son frère pour lui demander assez sèchement d'aller le voir, car il était inquiet.

— Tu vas beaucoup trop loin. Nous aurons sûrement des ennuis.

— Attends le prochain numéro.

— Pourquoi?

— Nous publions le procès-verbal des interrogatoires.

Marcel, sidéré, devait se dire qu'il s'était toujours trompé sur le compte de son frère. Quant à Renée, la bagarre l'émoustillait.

« — Qu'est-ce que ça vaut, ça? Cinq mille? Dix mille? »

Car, si Piedbœuf mijotait sa vengeance contre la police, il n'en oubliait pas les profits et le chiffre de mille francs était dépassé depuis longtemps.

L'Amant de Louise Mariani, proxénète.

Cet article-là commençait ainsi :

« *Le quartier Saint-Germain-des-Prés sera-t-il représenté au Conseil municipal par un tenancier de maison close?* »

Car la maîtresse de Gianini, une certaine Louise Mariani, tenait, non pas à proprement parler une maison à gros numéro, mais un entresol « Tous Massages », rue Monsieur-le-Prince.

On ne sortait pas du quartier.

Cela ne gênait nullement François qu'à cette époque-là Viviane travaillât encore chaque soir aux alentours de chez Popaul. Il n'avait presque rien changé à ses habitudes. Il continuait à aller la retrouver. Parfois, il devait l'attendre au bar où il la voyait se séparer d'un client au coin de la petite rue. Il l'invitait de plus en plus souvent à dîner, dans le même restaurant du boulevard Montparnasse.

Contrairement à ce que François avait annoncé à Renée le jour de la mort de Germaine, Gianini n'avait pas lancé un journal pour soutenir sa candidature; il travaillait à coups d'affiches et surtout en attirant la foule dans ses magasins par des prix incroyablement bas. Il faisait aussi pression sur l'opinion dans les cafés, où ses hommes étaient toujours prêts à payer les tournées.

Gianini et le Nègre.

Il ne s'agissait pas d'un vrai nègre, mais d'une boîte de nuit de la rue Racine, près du boulevard Saint-Michel, tenue par Toni, le frère de Gianini. On prétendait qu'après minuit on y jouait gros jeu, portes closes, et que la police avait de bonnes raisons pour fermer les yeux.

C'était l'affaire de la petite fille qui avait le plus de rebondissements, car elle était plus susceptible d'émouvoir l'opinion. A cause des personnes mises en cause, elle passionnait, non seulement le quartier, mais le public parisien, débordait du cadre des élections et les grands quotidiens avaient été contraints d'en parler.

Un conseiller municipal, en effet, un certain Dambois, croyant mettre son collègue Lecoin en mauvaise posture, avait interpellé le Conseil et réclamé une enquête administrative afin d'établir par la suite de quelles complicités un rapport de police avait pu être publié dans la presse.

L'enquête avait été votée à une faible majorité, par surprise, et, depuis lors, elle empoisonnait le Conseil municipal et le préfet de police.

Les coups de téléphone de Piedbœuf s'étaient

multipliés, et les rendez-vous qu'il donnait aux quatre coins de Paris, dans des restaurants de chauffeurs, dans des cinémas inconnus, parfois dans un buffet de gare ou une guinguette de banlieue.

Des noms étaient devenus familiers, sinon célèbres. La petite fille écrasée s'appelait Marcelle Tauguin et sa mère, abandonnée depuis longtemps par son mari, travaillait dans un atelier de fleurs artificielles de l'avenue du Parc-Montsouris. Lorsque sa photographie avait paru dans le journal, à l'occasion d'une souscription ouverte en sa faveur, elle était accourue, affolée.

— Je vous supplie d'arrêter ça ! Je comprends que vous n'avez que de bonnes intentions, mais vous ne savez pas le mal que vous me faites. On m'a encore appelée hier à la police. On m'a demandé brutalement combien j'avais touché pour vous mettre au courant et j'ai eu beau jurer en pleurant que je n'y étais pour rien, ils ne veulent pas me croire. Ils m'ont menacée. Mon patron est furieux, lui aussi, car c'est un adversaire de votre politique.

Non seulement l'affaire Gianini avait continué jusqu'à la réélection de Marcel, mais elle avait servi de tremplin à *la Cravache,* que François avait fondée aussitôt après et dont les premiers numéros avaient été rédigés dans les mêmes locaux.

C'est à cette époque-là qu'il avait installé Viviane rue Daru.

Piedbœuf, tout doucement, était arrivé à ses fins. Celui qu'il visait, on s'en aperçut enfin, était le brigadier-chef Boutarel, le bras droit du commissaire-divisionnaire Jamar, qui dirigeait la Brigade mondaine. Boutarel, en effet, avait rédigé le rapport qui avait mis fin à la carrière de l'inspecteur Piedbœuf.

Or, ce même Boutarel avait été vu attablé au

Nègre devant un souper fin en compagnie des deux frères Gianini et de Louise Mariani.

Une autre fois, dans un mouvement de colère, il avait brisé l'appareil d'un photographe qui tentait de prendre un instantané au moment où il sortait, en plein jour, de l'épicerie de Gianini, rue de Buci, les bras chargés de paquets.

L'activité de Piedbœuf était aussi débordante que mystérieuse. A la rédaction on se demandait parfois comment il se procurait les documents qu'il fournissait sans répit et qui, malgré les doutes qu'on avait eus au début, s'avéraient authentiques. Fallait-il croire qu'il était arrivé à mettre son beau-frère dans son jeu? Il laissait parfois entendre qu'il partageait l'argent qu'on lui donnait avec quelqu'un de très bien placé et de très gourmand.

D'autres fois, il prétendait qu'il avait gardé un pied dans la maison, comme il continuait d'appeler la Police Judiciaire, et que certains de ses anciens collègues n'avaient rien à lui refuser.

Il vivait en banlieue, à Bourg-la-Reine, avec sa femme et deux enfants. Un jour qu'il était en veine de confidences, il avait montré à François la photographie de sa fille aînée, âgée de seize ans, et c'était gênant de l'entendre dire avec un drôle de rire :

— Beau morceau de fille, hein?

En trois ans, François n'avait vu qu'une seule fois son adversaire, le fameux Gianini. Et, alors que l'*Echo de Saint-Germain-des-Prés,* puis *la Cravache,* avaient publié maintes fois son portrait, alors qu'avant de penser qu'un jour l'homme ferait sa fortune, François l'avait aperçu dans son magasin, ce soir-là, il ne l'avait pas reconnu.

Il soupait dans un cabaret élégant, le *Monseigneur,* avec des bougies sur la table, en compagnie de Viviane. Elle portait une robe de soie qui la moulait étroitement et qui la rendait vraiment sculpturale. Les violons allaient de table en table.

— Tu as vu? avait-elle chuchoté en se penchant à son oreille.

— Qui?

— Gianini!

Celui-ci était en face d'eux, à quelques pas, un peu épais dans son smoking, avec un homme d'un certain âge et deux femms, dont une très blonde qui portait une profusion de bijoux et riait bruyamment.

Gianini, qui fumait une cigarette, l'avait regardé longuement en soufflant la fumée devant lui. Il ne s'était pas levé pour l'attaquer, comme ses hommes l'avaient fait au *Fouquet's,* ou pour lui réclamer des explications.

Il se contentait de l'observer, surpris, rêveur; puis, haussant les épaules, il avait tendu sa coupe au maître d'hôtel pour qu'on lui versât du champagne.

Viviane, elle aussi, avait été étonnée, non par l'attitude de Gianini, mais par celle de François.

— Tu n'as jamais peur? avait-elle questionné avec une pointe d'agacement.

Aujourd'hui, Piedbœuf, à la *Brasserie du Globe,* était plus nerveux que d'habitude et se montrait même agressif. Il avait dû être un passionné de billard car, pendant toute la conversation, il ne put s'empêcher de suivre des yeux le mouvement des billes sur le billard de match le plus proche.

— Bien entendu, vous n'avez pas la moindre idée de ce qui s'est passé hier rue des Saussaies?

Et, comme François ne répondait pas, n'ayant rien à répondre, et attendait patiemment :

— Un simple inspecteur de la Sûreté a été appelé dans le cabinet du Ministre, ce qui n'arrive pas tous les jours. Il y avait là les deux grands chefs de la Police d'Etat. De qui croyez-vous que ces messieurs se soient entretenus, toutes portes closes, avec, dehors, un huissier qui répondait que M. le Ministre était en conférence? D'un certain François Lecoin et de son journal, *la Cravache*. L'inspecteur, si cela vous intéresse, s'appelle Joris.

— C'est celui qui est venu à l'imprimerie ce matin?

— C'est lui.

— Boussous a cru le reconnaître d'après sa description.

— Boussous n'est pas tout à fait un imbécile et il est assez vieux dans le métier pour savoir la musique. Mais il ferait mieux d'être plus attentif à ce qui se passe dans le journal. Sans doute imaginez-vous que c'est à cause de Gianini que ces messieurs se sont dérangés? Laissez-moi vous dire que ces affaires-là leur sont indifférentes. Que dis-je? Etant donné que nous mettons en cause des gens de la P. J. et que l'Intérieur ne les aime pas beaucoup, ils seraient plutôt enchantés. Ce n'est pas non plus à cause de tel banquier ou de tel politicien dont la *Cravache* a révélé les petites saletés.

« Pendant plus de deux ans, on vous a laissé tranquille, admettez-le. Tant que vous avez travaillé d'après mes renseignements, vous n'avez pas eu le moindre pépin.

« Or, à partir d'aujourd'hui, on passe à l'attaque, et, quand on lance un Joris sur une affaire, cela n'annonce rien de bon.

Il tirait enfin un papier de sa poche, un extrait de journal, plus exactement un morceau d'épreuve.

— Qui a donné ça à l'impression?

Il en était arrivé à l'effet de surprise voulu. L'écho paraissait anodin, un de ces échos plus ou moins scabreux dont *la Cravache* remplissait plusieurs pages chaque semaine, sous la rubrique : « *Est-il vrai que?...* »

« ...qu'une des femmes les plus élégantes du faubourg Saint-Germain, la comtesse de V..., dont le salon est le plus recherché de Paris, n'a pas toujours été comtesse et que son père, un magnat de l'huile de table, a débuté à Oran comme marchand de cacahuètes?... »

« ... que cette même comtesse a eu une jeunesse mouvementée et qu'un de ses anciens amants, qu'elle ne paraît pas avoir oublié, a été récemment l'objet d'une promotion inattendue dans un des grands services de l'Etat?...

« ... que le goût de certains personnages pour les parties carrées ne serait pas étranger à cette nomination?... »

Après avoir lu, François remarqua calmement :

— Mais cela n'a pas encore paru !

— En effet, cela paraîtra dans le numéro de demain, si le numéro n'est pas saisi. Vous ne comprenez toujours pas? L'écho n'est pas paru, vous venez de le dire, et pourtant c'est à cause de cet écho que ces messieurs se sont réunis hier à 17 heures. Et c'est ce matin que l'inspecteur Joris est allé faire un tour à l'imprimerie. Vous y êtes? Cela signifie qu'on savait, que quelqu'un avait lu ce texte.

— Vous croyez que quelqu'un de chez nous...

— C'est possible. Je ne me fie à personne, pas même toujours à mon beau-frère. Mais il existe une autre hypothèse. C'est que l'auteur de l'écho et celui qui l'a porté au ministère soient une même personne.

— Je ne comprends pas.

— Je sais. Je suis ici pour vous expliquer. Vous êtes d'accord qu'il y a un certain nombre de personnes, à Paris, qui seraient heureuses de vous voir vous casser les reins et d'apprendre la disparition de la *Cravache*? Bon ! Supposez qu'une de ces personnes, afin de vous attirer les foudres de quelqu'un de puissant, ait écrit cet article, vous l'ait envoyé et le lui ait porté?

— Je devine.

— Vous ne devinez rien du tout. Savez-vous seulement à qui on fait allusion dans ces quelques lignes? Au ministre des Finances, simplement, qui ne passe pas pour un bon coucheur. Quant à la comtesse que vous attaquez, elle est depuis longtemps son égérie, au point que de véritables conseils de cabinet se sont tenus dans son hôtel du boulevard Saint-Germain. On a mis l'épreuve sous les yeux du ministre. Celui-ci, furieux, a alerté son confrère de l'Intérieur, qui n'a rien à lui refuser. D'où la réunion d'hier, qui était une sorte de conseil de guerre. Ce matin, Joris s'est assuré à l'imprimerie que le papier allait réellement paraître.

— Je téléphone immédiatement à Boussous, dit François impressionné.

— Vous feriez mieux d'y aller vous-même. Il va hurler, car les flans sont finis, à l'heure qu'il est, et les machines ne tarderont pas à tourner. Je vous ai préparé un petit papier pour remplacer celui qui va sauter. Donnez-le de ma part à Boussous. Au fond, c'est un assez bon tour que nous leur jouons, car ils vont se demander par quel miracle *la Cravache* paraît sans leur écho. Le plus drôle, ce serait que l'ordre soit déjà signé et que, demain, ces messieurs saisissent un journal dans lequel il n'y aura rien.

-:-

Mme Gaudichon n'avait jamais accepté de manger à leur table quand François y était, n'y consentant que quand Bob était seul avec elle. C'était une femme grande et forte, veuve, et dont les deux fils étaient mariés.

Au début, elle avait couché dans l'ancienne

181

chambre du gamin, cependant que le père et le fils continuaient, comme quand Germaine était à l'hôpital, de partager la grande chambre. Puis, François avait obtenu une petite pièce pour elle à l'étage au-dessus et Bob avait réintégré sa chambre.

On en avait changé les meubles et elle était assez jolie. Tous les papiers peints de l'appartement avaient été renouvelés, mais la plupart des meubles étaient restés à leur place, avec, en plus, un magnifique poste de radio.

En quittant l'imprimerie, où Boussous s'était affolé, François avait éprouvé le besoin d'aller bavarder avec Raoul, qu'il savait trouver à cette heure-là à la terrasse de la *Taverne Royale*.

Pendant des mois, il avait dit pis que prendre des coloniaux, et François ne s'était douté de rien quand son frère avait adopté la brasserie de la rue Royale.

Or, c'était justement le rendez-vous des anciens de Madagascar, de l'Indochine, de l'Afrique Equatoriale et du Gabon. On les reconnaissait à leur teint, à leur maladie de foie, souvent on les entendait se donner entre eux le plaisir de bavarder en quelque dialecte indigène.

Raoul ne leur parlait pas. Il était toujours seul, et les écoutait attablé devant une pile de soucoupes.

— Que ce soit maintenant ou l'année prochaine!... avait-il répondu à François, qui le mettait au courant de l'activité de la police. Je suppose que tu as assez de bon sens pour te rendre compte que cela ne durera pas éternellement?

Il avait ajouté un petit mot qui expliquait peut-être sa façon de regarder son frère.

— D'ailleurs, n'est-ce pas ce que tu souhaites?

François ne s'était pas attardé, car c'était l'heure du dîner rue Delambre. Il avait laissé sa voiture devant la porte, au lieu de la conduire au garage. Bob s'était penché à la fenêtre en entendant les trois petits coups de klaxon.

Il avait beaucoup grandi et il était très maigre, avec une voix qui muait et des gestes gauches, comme s'il ne s'habituait pas encore à devenir un homme.

Mme Gaudichon n'avait jamais l'air enchantée quand François rentrait dîner. On aurait dit qu'il venait lui voler son tête-à-tête avec Bob.

— Je n'ai qu'un repas froid. Vous ne m'avez pas téléphoné que vous viendriez.

Il avait installé le téléphone dans l'appartement ainsi qu'une salle de bains moderne, et la cuisine avait été entièrement transformé.

— Tu sors, papa?

Est-ce que Bob, lui aussi, souhaitait le voir repartir? Il se le demandait souvent. Certaines fois, en rentrant dîner, il avait l'impression qu'il interrompait une intimité à laquelle il n'avait aucune part. Il y avait des silences gênants. Mme Gaudichon échangeait avec Bob des regards qu'il ne pouvait pas comprendre.

Savait-elle que le gamin était allé ce matin au cimetière?

C'était probable. Peut-être était-ce elle qui avait acheté les roses? Elle avait dû se lever plus tôt que d'habitude pour lui préparer son petit déjeuner.

Ils s'imaginaient tous les deux qu'il ne savait pas et il aurait bien voulu leur dire, dire à Bob, en tout cas, qu'il était allé à Ivry, lui aussi.

— J'ai gardé la voiture, afin d'aller tout à l'heure nous promener tous les deux. A condition que cela te fasse plaisir, évidemment.

— Tu sais bien que cela me fait toujours plaisir, mais...

Est-ce que, dans le dos de Françoise, Mme Gaudichon n'était pas en train d'adresser des signes à l'enfant?

— Mais quoi?

— Rien. Je le ferai demain matin.

— Si c'est quelque chose d'important...

— Non, papa. Je suis content de sortir.

Il aimait l'auto, surtout celle que François avait achetée quelques semaines plus tôt, pour l'été, et qui était décapotable. De temps en temps, ils allaient faire un tour en voiture, à la tombée du jour. Ils longeaient la Seine jusqu'à Saint-Cloud et roulaient sur l'autostrade de Deauville, poussant parfois jusqu'à Mantes-la-Jolie où ils se rafraîchissaient à une terrasse du bord de l'eau.

— Quand est-ce que tu m'apprendras à conduire?

— Peut-être cet été, à la campagne ou à la mer.

— Tu viendras à la mer avec moi?

— J'espère prendre un mois de congé.

— Il y a trois ans que tu dis cela et tu ne viens jamais me retrouver que pour les week-ends.

Bob avait-il vraiment de l'affection pour lui?

Certains jours il en était persuadé, et d'autres jours il se sentait mal à l'aise devant l'enfant.

A cause, justement, du malaise de celui-ci. Bob éprouvait toujours le besoin de parler de choses et d'autres, comme s'il comprenait que son père aurait voulu lui poser certaines questions qu'il préférait ne pas entendre.

Il y en avait une, toute simple, qui aurait déblayé considérablement le terrain : est-ce que ses camarades, à Stanislas, parlaient de *la Cravache* et de son directeur?

Si oui, des garçons tenaient peut-être Bob l'écart? Peut-être était-ce plus grave?

Jusqu'à la dernière année, il avait bien travaillé et ses résultats étaient assez brillants. Or, tout à coup, en quelques mois, il avait tourné au mauvais élève, comme s'il avait perdu le goût de l'étude ou comme si la vie de l'école lui devenait pénible.

— Nous rentrerons dans une heure ou deux,

madame Gaudichon. Je suppose que vous ne tenez pas à nous accompagner?

— Qui est-ce qui ferait ma vaisselle? Emportez un veston, Bob. Il fait chaud pour le moment, mais dans une heure la fraîcheur de la nuit tombera d'un seul coup.

L'auto glissait silencieusement dans les rues presque vides, passait près de la Tour Eiffel, croisait, près du pont Mirabeau, un train attardé de péniches.

— Tu n'as rien à me dire, Bob?

— Non, papa. Pourquoi?

— Je ne sais pas. Je suis content que nous soyons tous les deux. C'est toujours le meilleur moment de ma journée, tu sais cela?

— Oui.

— Tu te souviens du jour où nous sommes allés pour la première fois à Deauville, comme deux amis?

— Oui.

— Je suis toujours ton ami, Bob?

— Oui.

Cela agaçait l'enfant, il le savait, mais, ce soir, il avait le cœur un peu gros, peut-être à cause des roses sur la tombe. N'était-ce après tout que de la jalousie?

— Je voudrais que tu sois heureux, que tu ne sois jamais pauvre!

Bob, à côté de lui, le visage fermé, fixait le paysage qui glissait à leurs côtés.

— Tu te souviens, quand nous étions pauvres?

— Ne parlons pas de ça, veux-tu, papa?

— Tu as raison. Je ne veux plus y penser. C'est trop laid. C'est trop terrible. Je me suis juré que nous ne serions jamais plus pauvres.

Ils montaient la pente de Saint-Cloud. Ils pouvaient passer par Bougival et apercevoir *la Gloriette*, où la mère de François était née. C'était maintenant une vieille bâtisse délabrée, d'un jaune déteint, au jardin en friche, qui portait un écriteau : « A vendre. »

Peut-être commençait-il à mieux connaître sa mère, qui n'avait jamais pu s'habituer. Il ne s'habituerait plus non plus. Pour rien au monde, il ne consentirait à nouveau à l'humilité et à la crainte perpétuelles, à cette sensation désespérante de petitesse que donne la pauvreté.

— Tu es content de ton nouveau vélo, Bob?

— Oui, papa. Il est épatant.

Il lui achetait tout ce qu'il voulait, s'ingéniait à devancer ses désirs, et parfois il avait l'impression que son fils devait faire un effort pour manifester sa joie.

— Merci, tu sais, papa! Je suis très content.

On ne percevait jamais de véritable enthousiasme. L'étincelle manquait.

— Il fait bon, ce soir.

— Oui.

— Tu veux que nous allions manger une glace quelque part?

— Si tu veux.

Ils croisaient d'autres voitures où l'on voyait des couples, et certaines étaient chargées de fleurs coupées dans les campagnes.

Cela rappelait à François les roses du matin et il se taisait en regardant la route devant lui.

Il était superflu de montrer une fois de plus au gamin la maison où était née sa grand-mère. Cela ne l'intéressait pas.

A quoi pouvait-il penser?

Comme pour répondre à cette question, il murmura à un moment donné :

— Il y a longtemps qu'oncle Raoul n'est pas venu à la maison.

Jusqu'à leur retour, rue Delambre, François se sentit vide.

4

Au moment où il rangeait sa voiture aux Champs-Elysées, il avait aperçu Mlle Berthe qui sortait du métro George V et l'avait attendue un instant. L'inspecteur de la veille n'était pas là. Cela ne voulait rien dire. On en avait peut-être changé, ou peut-être ne prenait-il sa faction qu'à 9 heures?

Mlle Berthe marchait à petits pas, gravement, avec un peu de solennité, comme une poulette. Il se demanda ce qu'elle pensait à ce moment précis où elle ne se savait pas observée, puis ce qu'elle pensait de lui. Elle était fort pieuse et avait des idées arrêtées sur toutes choses. Chaque matin, avant de prendre le métro, elle trouvait le temps d'aller à la messe. Elle détestait Chartier qui, par jeu, la sachant prude et susceptible, le faisait exprès de raconter des histoires salées devant elle et choisissait les mots les plus crus.

Pendant longtemps, il l'avait mise en colère,

chaque fois qu'il passait près d'elle et qu'elle était debout, en tapotant ses fesses rebondies. Quand elle était assise, il avançait vivement ses bras devant elle en faisant mine de lui saisir les seins.

Il y avait eu une scène mémorable, au cours de laquelle elle avait déclaré :

— Ce sera lui ou moi.

François avait pu, non sans peine, garder les deux. Chartier avait promis de rester tranquille. Il tenait presque parole, en ce sens qu'il avait remplacé les gestes par des grimaces.

— Vous remarquerez, mademoiselle, que j'ai les mains dans mes poches et que je ne dis rien.

Et, fixant sa poitrine, il se passait la langue sur les lèvres.

— Vous m'attendiez? s'étonna-t-elle en voyant François sur le trottoir. Vous avez oublié votre clef?

— Je vous ai vue sortir du métro juste au moment où j'arrivais et j'ai préféré monter avec vous.

— Il va faire encore plus chaud qu'hier.

En passant, il prit le courrier; l'ascenseur les déposa à leur étage. Il y avait des bureaux des deux côtés du couloir. Le nettoyage de la rangée de gauche se faisait le matin de très bonne heure. Il se terminait à ce moment, tandis que la rangée de droite, où étaient les bureaux de *la Cravache,* était nettoyée le soir après la fermeture.

Tous deux se comportaient comme chaque matin. Mlle Berthe retirait son chapeau clair devant le miroir, faisait bouffer ses cheveux et rajustait quelques épingles. François, sans s'asseoir, jetait un rapide coup d'œil au courrier.

Il l'entendit qui questionnait, surprise :

— Vous n'êtes pas monté ce matin?

— Non, pourquoi?

— C'est peut-être Chartier qui est passé?

Il existait trois clefs des bureaux. Mlle Berthe en avait une, ainsi que François, et Chartier avait la troisième. Quant à l'entreprise de nettoyage, elle se servait d'un passe-partout spécial.

— Cela m'étonnerait que Chartier soit venu de bonne heure, dit-il.

Ni l'un ni l'autre n'y attachait encore d'importance. François se souvenait que le garçon de bureau était, ce matin-là, en corvée de *Tête de Turc*. Il devait aller à Auteuil, à 9 heures, pour essayer de rencontrer à son domicile particulier un entrepreneur de Travaux Publics qu'il n'avait pu atteindre à son bureau. Il avait en poche l'épreuve de la prochaine couverture ainsi que celle de l'article qui ne passerait probablement jamais.

Ce n'était pas gros, une affaire de vingt mille francs, sinon de quinze mille.

— Venez voir, patron. Il y a des cendres de cigarettes sur ma machine. Je jurerais qu'on s'en est servi, car la gomme n'est pas à la place où je la mets toujours et le chariot ne se trouve pas juste au milieu.

Elle ouvrait ses tiroirs un à un.

— On a sûrement fouillé dans mes affaires.

Elle ouvrait ses tiroirs un à un.

— On a pris quelque chose?

— Je ne sais pas. Pas à première vue. Je ne pourrais même pas dire exactement ce qui a changé de place, mais je le sens.

Les dossiers étaient rangés dans deux classeurs métalliques dont on laissait habituellement la clef sous une cloche en bronze qui servait de presse-papier. C'était une cloche de vache de montagne. François l'avait rapportée de Savoie quand il avait dû conduire sa fille dans un sanatorium, où on gardait peu d'espoir de la guérir.

Odile commençait à écrire, très peu, très mal, avec autant de fautes que de mots, car la maladie l'empêchait d'aller à l'école : il y avait deux ans qu'elle vivait couchée.

— Je suis certaine, monsieur François, que quelqu'un a ouvert ces classeurs. Pour celui de gauche, j'en ai la preuve, car je ne le ferme jamais qu'à un simple tour depuis qu'il arrive à la serrure de se caler quand on tourne les deux tours. Ce matin, elle est fermée à double tour.

Raoul, qui venait d'entrer sans qu'on s'en aperçût, observait d'un œil curieux son frère qui, soudain, rencontra son regard.

— Tu as entendu?

— Oui.

Placide, peut-être goguenard, il ajouta :

— N'est-ce pas ce que tu m'as annoncé hier soir? Ils attaquent!

Mlle Berthe se tourna vivement vers François :

— Vous savez quelque chose? C'est la police?

— Je vais essayer de me renseigner?

Il revint au bout d'un quart d'heure, préoccupé. Il n'avait pas eu à quitter l'immeuble.

— Il n'y a rien au rapport du gardien de nuit. J'ai pu lui téléphoner chez lui. Il n'était pas encore couché. Il prétend qu'il n'a rien vu, ni entendu. Le gérant s'est montré assez froid. J'ai vu les deux femmes qui ont nettoyé les bureaux hier de 6 à 7 heures. Ce sont toujours les mêmes, sauf le samedi. Elles affirment qu'elles ont passé l'aspirateur partout et qu'elles n'ont pas pu laisser de cendres de cigarettes.

— Et encore moins le mégot qui est dans ton cendrier, grogna Raoul. Il y a une boîte d'allumettes vide dans ton panier à papier et quelqu'un, assis à ta place, a taillé un crayon.

— Voulez-vous demander les Messageries à-l'appareil, mademoiselle Berthe?

François était irrité par l'attitude de son frère, qui le faisait penser à l'histoire de l'Anglais suivant le cirque dans l'espoir de voir un jour le lion manger le dompteur.

— Allô! Les Messageries? Ici, François Lecoin. Je vous appelle simplement pour savoir si vous avez pris livraison de *la Cravache* comme d'habitude. Vous dites? Elle sera dans les kiosques à midi? Non, rien de particulier. Hier, l'imprimerie était en retard, et j'ai craint des difficultés dans la distribution.

— Vous est-il possible, mademoiselle Berthe, de vous assurer qu'il ne manque rien dans les dossiers?

— C'est possible, mais ce sera long, et j'ai les comptes de la rédaction à établir ce matin avec M. Raoul.

— Les comptes attendront.

— Vous ne croyez pas que la police se serait plutôt présentée en plein jour, avec un mandat de perquisition?

Il restait calme, mais il marquait cependant le coup. Depuis la veille au soir, il se sentait un poids sur les épaules. Ce matin, distrait, il n'avait presque pas adressé la parole à son fils pendant le petit déjeuner et il s'en repentait. Mme Gaudichon était dans ses mauvais jours. Il avait quitté la rue Delambre sans entrain et avait fait tout le chemin sans un coup d'œil à la couleur du soleil.

— Et toi, demanda-t-il impatiemment à Raoul, as-tu au moins retrouvé qui a apporté l'écho?

C'était rare qu'il lui parlât sur ce ton et son frère feignit de ne pas s'en apercevoir. Il avait sorti une bouteille d'un des tiroirs et buvait une gorgée à même le goulot, ce qui avait le don d'écœurer Mlle Berthe.

— Excuse-moi de ne pas t'avoir répondu, François. Je pensais à autre chose. Je parie que ces cochons-là ont bu à ma bouteille. Tu disais? Non, mon garçon, je ne suis pas parvenu à me souvenir. Il en vient tant, tu sais!

— Tu n'as pas reconnu l'écriture, ni le papier?

— Je serais prêt à parier que c'est arrivé par la poste. Avec les collaborateurs réguliers, j'exige que les échos, comme les articles, soient dactylographiés, sauf parfois quelques lignes écrites ici à la dernière minute, ce qui n'est pas le cas. Dis donc !

— Quoi?

— Tu ne penses pas que, si Fernand a raison et si on a vraiment fouillé les bureaux cette nuit, la visite que Chartier doit faire ce matin devient malsaine?

— Il est trop tard pour l'empêcher. Il est là-bas à cette heure.

— Dans ce cas, souhaitons que le client ne le reçoive pas.

— Qu'est-ce que tu crains au juste?

— Je ne sais pas. Je n'ai pas confiance.

Ce fut une matinée désagréable, comme quand on attend avec impatience un orage qui n'éclate pas et que les mouches vous collent à la peau. La mouche, en l'occurrence, c'était Raoul, qui n'avait rien à faire, car Mlle Berthe était occupée, et il avait besoin d'elle pour les piges de la semaine. Il allait de bureau en bureau en sifflotant, touchait à tout, se campait parfois en face de son frère qu'il examinait gravement en se grattant la tête.

Pour tromper son impatience, François dépouillait son courrier avec minutie, inscrivant en marge des notes inutiles.

Boussous n'arrivait jamais au bureau de bonne heure, surtout les lendemains de mise en pages. Chaque semaine, c'était le matin creux, et les solliciteurs eux-mêmes se faisaient rares, comme s'ils se donnaient le mot.

La sonnerie du téléphone retentit.

— C'est la rue de Presbourg, monsieur François.

Viviane devait finir son petit déjeuner au lit

et elle aimait alors donner de longs coups de téléphone.

— Comment vas-tu? Et ton fils?

— Très bien, merci.

— Il faut absolument que tu ailles au *Marbeuf* cette semaine. On donne un film extraordinaire. Je me demande si je ne t'accompagnerai pas pour le voir une seconde fois.

— Oui.

— Qu'est-ce que tu as?

— Rien. Je n'ai rien.

— Il y a quelqu'un dans ton bureau? Tu veux que je rappelle?

— Non.

— Nous déjeunons ensemble?

— Je n'en suis pas sûr. J'ai énormément de travail ce matin.

— Tu me rappelleras?

Il n'avait rien à lui reprocher, bien au contraire. Elle était gentille, aussi peu encombrante que possible. Loin de le pousser à la dépense, c'était elle qui freinait. Elle passait des journées entières à l'attendre sans jamais manifester d'impatience, même quand il la laissait en panne au dernier moment.

Est-ce que c'était Renée qui avait raison?

Une des conditions que Piedbœuf avait mises à sa collaboration, c'est qu'on n'essayerait jamais de l'atteindre en dehors des rendez-vous qu'il donnait lui-même par des voies détournées.

Quant à Boussous, qui ne venait toujours pas, il n'était pas question de le toucher par téléphone ou autrement. Cet homme qui racontait le plus intime de sa vie à tout venant n'était discret que sur un point, mais il l'était d'une façon absolue : l'endroit où il vivait. Après trois ans, François était incapable de dire dans quel quartier de Paris habitait son rédacteur en chef.

Pourquoi le nom de Renée lui était-il venu à l'esprit? Il cherchait par quel enchaînement d'idées il était en train de penser à sa belle-sœur quand Viviane lui avait téléphoné.

C'était à cause de son avocat. Il se disait qu'il serait peut-être prudent d'aller le consulter.

C'était un raté, lui aussi, comme Boussous, comme Raoul, comme Chartier, comme l'ex-inspecteur Piedbœuf. A cinquante-cinq ans, il rôdait dans les couloirs du Palais en agitant les manches d'une robe crasseuse, à la recherche d'une plaidoirie à vingt francs.

Il devait avoir son vice comme les autres. Ce n'était pas la boisson. Il ne semblait pas non plus à François que ce fussent les femmes.

Il retrouvait maintenant le cours précis de ses pensées. Si seulement Raoul avait pu cesser de siffloter! Il n'osait rien lui dire aujourd'hui, craignant de le faire avec trop d'aigreur.

Il avait donc pensé que, pour des affaires aussi délicates que les siennes, un homme comme son frère Marcel aurait été le conseiller idéal. Le vieil Eberlin avait eu du flair.

Marcel était peut-être incapable d'une plaidoirie brillante, mais il connaissait le Code dans ses moindres recoins, surtout les plus tortueux. Dès qu'une question de droit se posait, il s'immobilisait, tendu, comme le font, dans l'air, certains oiseaux de proie. Il gardait un instant la pose et trouvait aussitôt une solution à laquelle peu de ses confrères plus illustres auraient songé.

François suivait toujours le fil.

La conclusion c'est qu'il était dommage d'être brouillé avec Marcel.

Et, comme Renée était la cause de leur brouille, il s'était mis à penser à elle.

Ainsi, le cercle se refermait, puisque sa froideur au téléphone, quand Viviane l'avait appelé, l'avait également fait penser à sa belle-sœur.

— Je parie que ça va vous manquer!

Il avait rougi quand Renée avait dit ça et, depuis, il avait ruminé souvent ce bout de phrase
et tout ce qu'il contenait de troublant. C'était à
l'époque où, à cause de *l'Echo de Saint-Germain-
des-Prés,* il avait vu assez souvent sa belle-sœur.
Autant que possible, François s'arrangeait pour
aller quai Malaquais quand il savait que son frère
était ailleurs et que les gamines se promenaient
avec leur institutrice dans le jardin des Tuileries
où elles passaient presque tous les après-midi.

Renée n'avait pas tardé à s'apercevoir qu'elle
le troublait. Pour un temps — et peut-être ce
temps-là n'était-il pas révolu? — elle avait représenté la femelle type et, chaque fois qu'il était
en sa présence, il ne pouvait s'empêcher d'imaginer des accouplements forcenés.

Pendant leurs entretiens, il était à l'affût du
moindre coin de peau découvert, guettant ses
gestes, crispant les doigts à se faire mal quand
le tissu de sa robe se collait à sa croupe d'une
façon suggestive.

— C'est vrai, François, que vous avez des vices cachés?

Jusqu'à sa voix, qui faisait penser à de la chair
en rut, à un corps tordu sur la crudité d'un lit.

— Qui vous a dit cela?

— Marcel. Il prétend que vous étiez déjà comme
ça jeune homme. Il m'a dit que vous aviez maintenant pour maîtresse une fille du trottoir et que
vous attendiez patiemment qu'elle sorte des bras
d'un client.

Cela devait être une semaine environ après
l'installation de Viviane rue Daru.

— Elle ne fait plus ce métier-là, annonça-t-il.

— Ah! Elle ne couche plus qu'avec vous?

— J'ai tout lieu de le supposer.

— Je me demande si ce n'est pas dommage,
François.

— Pour qui? Pour elle?

— Pour elle et pour vous. Surtout pour vous. Je parie que ça va vous manquer. Cela devait vous faire de l'effet de savoir qu'un autre venait de la travailler avant vous.

Ce mot « travailler » lui était resté dans la mémoire et, mieux que tout autre, évoquait pour lui des images précises.

— Avouez que vous avez toujours été vicieux?

— Je ne sais pas ce que vous entendez par là.

— Racontez-moi comment vous avez commencé.

Il était entré dans le jeu. Il avait compris qu'il avait devant lui une femelle émoustillée. Elle le recevait le plus souvent dans le boudoir attenant à sa chambre. Non loin d'un fort beau secrétaire en marqueterie, il y avait un canapé en satin jaune sur lequel elle avait l'habitude de s'étendre avec nonchalance.

— Racontez!

— Quoi?

— La première fois.

— J'avais dix-sept ans.

— Et vous n'aviez jamais touché une femme?

— Non.

— Pas même avec un doigt? Moi, à treize ans, je jouais déjà avec le petit frère d'une de mes amies de pension. Comment était-elle?

— Elle avait votre âge et elle vous ressemblait un peu, en moins moelleux. C'était la femme de mon patron, un éditeur de la rue Jacob qui a fait faillite.

— C'est elle qui a commencé?

— Je crois.

Et il lui racontait ses aventures avec Aimée, tandis qu'il voyait frémir son ventre et se serrer nerveusement ses cuisses.

— Elle était vicieuse aussi?

— Je crois. Elle s'ingéniait à faire ça dans les endroits les plus imprévus.

— Où, par exemple?

— Une fois, dans mon bureau, alors qu'on en tendait la voix de son mari de l'autre côté de la porte et qu'on pouvait nous voir par la fenêtre, car c'était l'hiver et les lampes étaient allumées. Une autre fois au Bois, dans les fourrés.

— Et aussi en taxi?

— Et même dans un vieux fiacre. Plusieurs fois, dans une loge du cinéma Max Linder, où je ne suis jamais retourné.

— Encore ailleurs?

— Je crois que cela l'excitait de penser qu'on pouvait nous surprendre. Chez elle, elle le faisait exprès de ne pas fermer la porte. Un jour, la petite fille d'une voisine est entrée.

— Qu'est-ce qu'elle a dit?

— Je ne me souviens plus.

— Son mari était au courant?

— Je me le suis souvent demandé. Il a dû faire trois ans de prison. Je ne sais pas ce qu'ils sont devenus.

— Et...

Elle posait des questions toujours plus précises, presque techniques, d'une voix qui n'avait jamais été aussi rauque. A une de ces questions, il répondit presque candidement :

— Elle ne portait jamais de culotte.

Elle rit, de son chaud rire de gorge, et se découvrit d'un geste rapide.

— Moi non plus. Voyez!

— Pour la même raison?

Il tremblait. Il ne pouvait détacher les yeux du ventre de Renée et se sentait pris de vertige. Il se demandait si la présence de Marcel, ou de n'importe qui, l'aurait arrêté, et il comprenait soudain les hommes qui commettent un viol.

Elle continuait, à l'extrême pointe de l'excitation, les yeux déjà à moitié clos, les lèvres humides :

— Remarquez que la porte est ouverte ici aussi et qu'il y a trois domestiques, dont un homme, dans l'appartement.

Cela avait été, pour lui, d'une acuité douloureuse. Il l'avait pétrie avec tant de frénésie qu'elle devait en avoir des bleus sur toute sa chair très blanche, et il se souvenait du creux dans le canapé, d'un coussin informe.

— Vous n'avez pas de remords d'avoir couché avec la femme de votre frère? Il est vrai qu'il en profite si peu, le pauvre!

Elle était plus compliquée encore qu'il n'avait pensé. Le lendemain et les jours suivants, c'est en vain qu'il l'avait appelée au téléphone.

Les élections venaient d'avoir lieu. François préparait le lancement de *la Cravache* et Renée avait fourni une partie des fonds, pour son compte personnel, car Marcel craignait de s'engager dans cette aventure.

François avait essayé de voir son frère, afin de liquider avec lui l'affaire du journal électoral.

— Je serai à mon bureau cet après-midi à 16 heures!

François y avait reçu un accueil glacial. Marcel l'avait laissé rendre ses comptes, en lui jetant un regard appuyé, où il n'y avait pas la moindre chaleur humaine.

— Eh bien, désormais, nous n'aurons plus l'occasion de nous voir et j'en suis heureux! avait-il dit, en se levant comme pour donner congé à un importun.

— Ce qui signifie?

— Je crois que tu as eu ce que tu as voulu, et même davantage. Nous en resterons là.

François n'était pas encore sûr de comprendre.

— Tu me feras le plaisir, dorénavant, de ne pas remettre les pieds quai Malaquais, ni dans mes bureaux. Les domestiques et les huissiers ont mes ordres.

Il avait ajouté, en croisant ses doigts qu'il serrait très fort, comme pour s'empêcher de frapper :

— Renée m'a tout raconté... Va !

Rageusement, mais à froid, il avait répété deux ou trois fois :

— Va... Dépêche-toi... Va !...

Peut-être, en ce qui concernait Viviane, Renée avait-elle eu raison ? Il n'avait pas osé lui demander pourquoi elle avait éprouvé le besoin de tout raconter à Marcel. Car il l'avait revue. Après le second numéro de *la Cravache*, elle était venue au bureau. C'était encore le vieux bureau miteux de la rive gauche.

Comme chez M. Dhôtel, il n'y avait que deux pièces, et Boussous se tenait dans la première, tandis que François recevait sa belle-sœur dans l'autre.

— Vous avez vu notre premier numéro ? questionna-t-il.

— Je l'ai vu, et c'est justement pourquoi je suis venue. Je ne vous critique pas. Je n'ai pas de reproche à vous faire. Mais je ne pense pas qu'il soit prudent, dans ma situation, de participer pour si peu que ce soit à un hebdomadaire de ce genre. N'ayez pas peur, je ne vous redemande pas ma contribution volontaire. Il n'est pas question de me rembourser. Bonne chance, François. Vous êtes un curieux homme. Je me demande parfois où vous allez.

Comme les autres.

Avait-elle déjà une arrière-pensée en venant au bureau ? Est-ce le souvenir d'Aimée qui la poussait ? Elle regardait le désordre, les meubles achetés dans un bric-à-brac, le plancher sale, les fenêtres de la maison d'en face qu'on voyait à vers les vitres sans rideaux. A une de ces fenêtres, un vieillard fumait sa pipe et, malgré la demi-obscurité du bureau, il devait distinguer la tache claire des visages.

— C'était comme ça, chez votre éditeur?

— A peu de chose près.

Pour compléter l'illusion, on entendait soudain la voix de Boussous qui parlait au téléphone.

— J'ai presque envie d'essayer, dit-elle du bout des dents, comme par défi.

Et, tandis qu'il la tenait renversée sur le bureau, il voyait qu'elle continuait à fixer le vieillard par la fenêtre.

Elle n'était jamais revenu. Il ne l'avait revue que de loin. Au théâtre, aux courses, à une terrasse des Champs-Elysées. Il n'était pas retourné à Deauville. La première année, ils avaient passé leurs vacances en Savoie, Bob et lui, pour se rapprocher d'Odile, puis, celle-ci une fois au sanatorium, ils avaient adopté Riva-Bella, non loin de Caen, où il avait trouvé une pension pour son fils.

François était-il vraiment différent des autres? Existe-t-il des hommes qui n'ont pas à se battre avec des pensées troubles et à s'entourer de leur brouillard? Lui l'avait toujours fait, depuis qu'il était tout petit. C'était ce que Marcel appelait être vicieux?

Chaque semaine, *la Cravache* dénonçait les vices d'un certain nombre de personnages en vue et ces échos-là arrivaient au journal, par brassées. Fallait-il croire qu'il n'y a pas de gens différents, des gens normaux, pour employer l'expression de sa mère?

Elle-même, avec son orgueil futile, ses appréhensions qu'elle leur avait inculquées, sa vision d'un monde entièrement axé sur l'argent, était-elle normale?

Ses deux frères, Marcel et Raoul, étaient-ils plus normaux que lui? Etait-ce par des moyens normaux que Marcel avait obtenu la fille et la fortune du vieil Eberlin, qui avait passé sa vie à exploiter ses contemporains? Raoul, marié deux fois, ne savait ni où étaient ses femmes, ni ce que sa fille était devenue, et ne paraissait pas s'en soucier.

Ses deux ivrognes de grands-pères, du côté Lecoin comme du côté Naille, pouvaient-ils être donnés en exemple?

D'être normal, dans la famille, dans le sens où sa mère l'entendait, il n'y avait eu que son père. Parce qu'il s'était résigné. Parce qu'il n'avait pas voulu lutter, faire de la peine. Parce qu'il avait tenu à garder la face, peut-être à cause de ses fils, et qu'il s'était renfermé en lui-même.

Encore, à en croire Raoul, éprouvait-il parfois le besoin d'une pauvre et furtive diversion dans certaine maison de la rue Saint-Sulpice.

— Cesse de siffler, Raoul, je t'en supplie!

— Pourquoi ne m'as-tu pas dit plus tôt que cela te gênait?

C'était peut-être, en partie, une réponse à son problème. Pourquoi ne l'avait-il pas dit? Pour ne pas vexer son frère. Pour ne pas avoir l'air de jouer au patron avec lui. Par timidité. Or, c'est tout juste si on en lui en voulait pas de s'être tu.

— Boussous n'arrive toujours pas, murmura-t-il pour se changer les idées.

— Il ne va plus tarder. Je parierais qu'il est en train d'avaler son premier demi au comptoir du *Select* et qu'il va monter.

— Vous ne voyez toujours rien qui manque, mademoiselle Berthe?

— Je remarque seulement un détail bizarre. Regardez par exemple cette lettre-ci. Il y a des petits trous, comme des trous d'épingle, aux quatre coins du papier. Je suis sûre que ce n'est pas moi qui les ai faits. Ce n'est pas la seule. En voilà une dizaine qui sont percées de la même façon.

— Mettez-les à part, voulez-vous?

— J'ai déjà commencé, mais je n'ai pas fini et il y en a peut-être d'autres.

Enfin! L'énorme Boussous s'encadrait dans la porte et chacun, Dieu sait pourquoi, se sentait soulagé, comme s'il apportait la solution de tous les problèmes.

— Venez avec moi dans mon bureau, Ferdinand.

— Du nouveau, patron?

Il n'était jamais bien d'aplomb le matin et ne commençait vraiment à vivre qu'après quatre où cinq verres de bière.

— On a fouillé le bureau la nuit dernière.

— La police, évidemment.

— Mlle Berthe est en train de s'assurer qu'il ne manque rien dans les dossiers. Ce n'est pas tout. Il y a comme des trous d'épingle aux quatre coins de certains documents.

— On les a fixés sur une planche pour les photographier.

— C'est ce que j'ai pensé.

— Comme ils n'ont pas fait ça ici, faute d'une installation suffisante, ils sont venus au moins deux fois. Que dit le gardien de nuit?

— Je lui ai téléphoné. Il prétend qu'il n'a rien vu ni entendu d'anormal.

— Donc, c'est la police et on lui a recommandé de se taire.

— Le gérant s'est montré très froid, ce matin. J'ai eu l'impression, mais je me trompe peut-être, qu'il s'attendait à ma visite et qu'il se tenait sur ses gardes.

— Toujours police!

— Enfin, Chartier n'est pas rentré.

— Où est-il allé?

— A Auteuil.

— *Tête de Turc?*

— Il devait essayer de voir à 9 heures, chez lui, Jérôme Boutillier, l'entrepreneur de travaux publics.

— C'est moi qui ai écrit l'article. Je comprends.

— Il est 11 h 30.

Boussous vida sa pipe par terre en la frappant contre le talon de son soulier, et parut soudain plus mou et plus vaseux que les autres matins.

— Ça sent mauvais, constata-t-il.

Et il se levait en soupirant, remettait son chapeau sur sa tête.

— Vous partez, Ferdinand?

— Je descends boire un verre à la terrasse du *Select*. Si vous avez besoin de moi...

— Ils n'ont pas saisi le journal, ce matin.

— Ils ne sont pas si bêtes!

Cela faisait un drôle d'effet à François de voir le large dos de son rédacteur en chef s'éloigner. Un instant, il se demanda si c'était un traître qui était venu renifler les lieux, ou un lâche qui fuyait la bagarre.

Raoul, qui s'était remis machinalement à siffloter, regardait son frère d'un œil amusé.

Peut-être espérait-il voir manger le dompteur? Peut-être tout cela n'était-il que des idées?

— Donnez-moi la rue de Presbourg, mademoiselle Berthe.

C'était la bonne qui était à l'appareil. Elle annonçait que Madame était dans son bain, mais qu'elle allait lui passer l'appareil.

— C'est toi?

— C'est moi, fit-il.

— Alors?

— Nous déjeunons ensemble. Veux-tu que je passe te prendre ici d'ici une heure ou préfères-tu descendre à pied jusqu'au *Fouquet's*?

— Je préfère que tu viennes avec la voiture.

Peut-être parce qu'elle avait tant marché le long du trottoir, elle était devenue paresseuse.

— Comment dois-je m'habiller? Quel temps fait-il?

Il n'en savait rien. Il dut regarder par la fenêtre entre les fentes des stores vénitiens.

— Quelques nuages. Je ne pense pas qu'il pleuve.

— Alors, je mets ma robe à fleurs. A tout de suite. L'eau du bain est en train de refroidir et il est temps que j'en sorte.

Raoul était toujours là à l'observer, sa bouteille à la main.

Pour la première fois, cette bouteille qu'il traînait partout écœura François, comme elle avait toujours écœuré Mlle Berthe.

— Qu'est-ce que je fais?

— Ce que tu voudras.

— Je prépare les piges comme si de rien n'était?

— Oui.

Peut-être par besoin d'établir un contact avec l'extérieur, avec la vie, François marcha jusqu'à la fenêtre et leva les stores. Un moineau s'en vola...

5

ILS étaient en train de déjeuner, Viviane et lui,
à la terrasse du *Fouquet's* côté George V. Le soleil
était d'un jaune épais et on sentait l'air s'alour-
dir. Chaque fois que, sur les Champs-Elysées, le
coup de sifflet de l'agent arrêtait le double flot des
voitures, François jetait un coup d'œil machinal
à la terrasse du *Select* où, malgré les distances, on
distinguait nettement les consommateurs rangés
comme au spectacle, en tout petit, comme sur une
maquette.

— Tu attends quelqu'un? lui avait-elle demandé.

— Non. Pas particulièrement.

Il était passé au bar du *Select* en quittant le
bureau et le barman lui avait dit :

— M. Boussous est venu boire un demi en vitesse, mais il y a longtemps de ça. C'était avant
11 heures. Voulez-vous que je lui fasse une commission quand il viendra?

A quoi bon, puisqu'il ne viendrait probablement pas?

— Merci, Jean, à tout hasard, je déjeune en face.

— Bon appétit, monsieur François!

Peut-être Ferdinand s'attendait-il que la police vînt l'arrêter d'un moment à l'autre et préférait-il ne pas être présent? Un jour qu'on parlait enterrement, il avait avoué :

— Je suis prêt à faire tout ce qu'on voudra pour un ami, sauf deux choses, dont je suis incapable : aller le voir à l'hôpital et assister à ses obsèques.

Cela frappait François, en regardant manger Viviane, de constater à quel point elle s'était adaptée à sa nouvelle vie. Il y avait autour d'eux quelques-unes des plus jolies femmes de Paris, sans compter un lot de théâtreuses et de starlettes. Or, c'était Viviane qui montrait le plus d'aisance, et même de distinction. Il remarquait aussi qu'elle avait changé sa coiffure, de façon à dégager sa nuque — qu'il ne connaissait pour ainsi dire pas.

Au moment où on venait de servir les hors-d'œuvre, alors qu'il fixait cette peau blanche et fine sous les petits cheveux, il questionna rêveusement :

— Tu as été très pauvre?

Elle fut si surprise qu'elle resta un moment sans répondre, à l'examiner à son tour.

— Tu crois que tu m'aurais trouvée où tu m'as trouvée si je n'avais pas été pauvre?

— Tu aurais pu essayer de faire autre chose, de travailler dans un atelier ou dans un grand magasin.

Il ne devait pas oublier la façon dont elle laissa tomber, avec, dans le regard, une densité nouvelle :

— Non.

Il n'était pas sûr de bien comprendre, et une

pudeur l'empêcha de lui demander ce qu'elle voulait dire au juste.

— Tu accepterais de redevenir pauvre?

— Evidemment non!

Cela tomba aussi sèchement, avec un retroussis de lèvres. Tout de suite après, elle rit, sans joie, sans entrain.

— Drôles de questions à poser ici! Tu n'as pas l'air gai aujourd'hui, François. Il y a quelque chose qui cloche au journal?

Il préféra ne pas insister et elle comprit que le lieu était moins propice encore à ces questions-là. De sorte que c'est par hasard, avec de bonnes intentions, pour changer de conversation, qu'elle prononça en portant à ses lèvres un champignon à la grecque :

— Tu ne vas pas à la distribution des prix?

— Quand est-ce?

— Cet après-midi. Bob ne t'en a pas parlé?

— Je l'avais oublié.

Il mentait. Son fils ne lui avait rien dit. Il se souvenait que la veille, quelque chose lui avait paru anormal, qui lui était sorti de la tête. C'était au cimetière, quand il avait vu les roses sur la tombe. Bob était venu à Ivry de bonne heure, avant le collège. Or, trois ans auparavant, à la mort de Germaine, il était en vacances.

Il réfléchit et mit un certain temps, tout en mangeant, à comprendre qu'on n'avait pas nécessairement changé la date des vacances, mais qu'il pouvait y avoir un décalage de plusieurs jours, par le fait que les trimestres scolaires se comptent en semaines.

Viviane aurait mieux fait de ne pas lui parler de ça en ce moment, alors qu'il aurait eu besoin de toute sa tranquillité d'esprit pour faire face à d'autres problèmes. Il savait par expérience qu'il en était toujours ainsi. En tout cas pour lui!

« Jamais deux sans trois! »

En digne fils de sa mère qu'il était, il avait le sens des catastrophes.

« Un malheur ne vient jamais seul! »

Au moment précis où ces mots lui revenaient en mémoire, un distributeur de publicité s'asseyait deux tables plus loin en compagnie d'une jolie femme et François se levait à demi de sa chaise pour lui adresser un bonjour de la main. Or, l'autre qui le connaissait parfaitement, qui l'appelait d'habitude « cher ami », feignait de ne pas le voir, ou fixait avec l'air de ne pas savoir que c'était à lui qu'on s'adressait.

Cela n'avait pas échappé à Viviane, qui n'avait rien dit. Pourquoi avait-elle eu la mauvaise inspiration de lui parler de Bob? Est-ce à cause de la distribution des prix que celui-ci, la veille, malgré les efforts de son père, s'était montré si évasif, et comme fuyant?

De toute façon, François n'y serait pas allé.

Jadis, du temps de Germaine, ils s'y rendaient tous les deux et François était forcé d'admettre à part lui que c'était pour un motif intéressé, sordide. La cérémonie représentait, pour lui, une occasion de reprendre contact avec ses anciens condisciples, qui étaient presque tous des gens en place, ce que l'on appelle des hommes influents.

Si cela l'humiliait de se retrouver parmi eux, il ne s'empressait pas moins de noter leur adresse.

— Cela peut être utile, tu comprends? expliquait-il à Germaine.

Il était allé en voir beaucoup, quand il cherchait du travail. Il avait écrit à d'autres. C'était un peu pour lui ce qu'avait été pour Viviane le bout de trottoir, entre le bar de Popaul et l'hôtel de passe.

N'avait-il pas un peu l'intention d'effacer cette impression quand il avait assisté à la distribution des prix, seul cette fois, la première année de sa nouvelle vie? Il ne s'était pas rendu compte tout de suite que, pour les autres, la situation était encore plus gênante qu'autrefois. C'étaient les Pères qui avaient essayé de le lui faire sentir, avec discrétion.

Ne faisait-il pas, plus ou moins, ce que faisaient tant d'autres, qui n'étaient pas tenus à l'écart pour autant, bien au contraire?

Pour ne prendre que son frère Marcel, qui, chaque année, présidait la distribution des prix dans l'institution de jeunes filles la plus fermée de Paris, comment avait-il donc obtenu la fille du vieil Eberlin en mariage?

Tout le monde ne savait-il pas que chaque campagne d'un des plus grands quotidiens de Paris cachait à peine un chantage de grande envergure, ce qui n'avait pas empêché son directeur de devenir ministre?

Il y avait des pages de révélations de ce genre, chaque semaine, dans *la Cravache,* et chaque écho était vrai. Pas une fois, en trois ans, on n'avait osé le poursuivre en diffamation, pas même Gianini.

Le garçon lui servait un chaud-froid de volaille et, tout en regardant distraitement la nuque de Viviane, c'était à Bob et au collège qu'il continuait à penser.

La seconde année, son fils lui avait demandé un soir, avec une désinvolture mal jouée :

— Tu comptes assister à la distribution des prix? C'est après-demain.

— Tu aimerais que j'y aille?

— Bien entendu! avait affirmé Bob avec trop de conviction.

— Malheureusement, je ne crois pas que je serai libre. A quelle heure est-ce?

— A 15 heures.

— J'ai, à cette heure-là, un rendez-vous qu'il m'est difficile de décommander.

Si l'enfant avait le moins du monde insisté,

il y serait allé. Bob n'avait rien dit et cela l'avait chagriné.

— Tu penses toujours à la pauvreté, François?

Viviane voyait qu'il était parti dans le brouillard.

— Oui... Non... C'est compliqué...

Il fut surpris de l'entendre prononcer avec un calme qui indiquait qu'elle y avait beaucoup réfléchi de son côté :

— Ceux qui l'ont connue, non par accident, mais pour un temps assez long, ceux qui ont vécu avec elle sans grand espoir de s'en tirer, n'en parlent jamais, l'as-tu remarqué? C'est pourquoi il se dit tant de bêtises sur ce sujet. Ce sont les autres qui parlent, ceux qui ne savent pas.

Elle mangeait attentivement son turbot.

— J'ai lu dans un journal de cinéma une interview de l'acteur de cinéma le plus célèbre, qui a passé son enfance dans l'East End de Londres. Il répondait à l'accusation d'avarice qu'on a l'habitude de porter contre lui.

« — *Quand on a été pauvre comme je l'ai été, on est prêt à faire n'importe quoi pour ne pas le redevenir. Et on n'en a pas honte.* »

La plupart des femmes, autour d'eux, étaient habillées par les grands couturiers et leurs bijoux venaient de la rue de la Paix. Les moindres objets qu'elles sortaient de leur sac, briquet ou poudrier, étaient en or, souvent ornés de pierreries. Beaucoup d'entre elles étaient très jeunes; certaines étaient échappées depuis deux ans à peine d'une loge de concierge ou d'un taudis de banlieue.

Combien, parmi les hommes, tous plus âgés, venus des quatre coins de l'Europe, avaient passé leur enfance, pieds nus, dans un ghetto de Vilna, de Varsovie ou de Budapest?

Etait-ce ce souvenir qui mettait une certaine férocité dans leur rire, aux uns comme aux autres? Y en avait-il un seul d'honnête dans le sens que sa mère à lui donnait à ce mot? Ou de propre, comme aurait dit son père?

— Je me demande ce que j'aurais répondu à treize ans, soupira François.

— A quoi.

— A la question que je me pose.

— Je la devine. A treize ans, moi, j'avais déjà décidé.

Il la regarda avec une admiration mêlée d'un peu d'effroi.

— Tu es sûre de ce que tu dis?

— Je l'ai même annoncé à ma mère.

— Qu'a-t-elle répondu?

— Que j'avais peut-être raison.

— Ta mère était...?

— Elle ne faisait pas la vie, si c'est ça que tu veux dire.

Et elle rit à nouveau.

— C'est sans doute l'orage qui est dans l'air qui nous donne les idées aussi gaies!

Un chasseur, à la porte du restaurant, criait, tourné vers la terrasse :

— Monsieur Lecoin!... Monsieur François Lecoin!...

Il eut presque peur de lever la main. Le chasseur se faufila pour lui remettre un message qu'on venait d'apporter à son nom.

— Tu permets?

Il avait reconnu l'écriture de Piedbœuf, plus exactement son écriture contrefaite, car l'ancien inspecteur des mœurs ne négligeait aucune précaution et François le soupçonnait d'écrire avec des gants pour ne pas laisser d'empreintes digitales.

« *Attention. Il y a du nouveau. Vous feriez bien d'aller cet après-midi au Zoo de Vincennes, vers 16 heures. Je ne vous conseille pas de prendre votre voiture. Le métro est presque direct. Si*

*vous ne rencontrez personne avant 17 heures, allez
à la Taverne Royale, où votre frère aura reçu un
coup de téléphone.* »

— Mauvais?

— Ni mauvais, ni bon.

Se rendait-elle compte que la fin pouvait venir
d'un moment à l'autre? Probablement. Elle l'avait
toujours su. *Ils* l'avaient toujours su, tous ceux
qui étaient en contact permanent avec lui, et c'est
sans doute pourquoi ils avaient la même façon de
le regarder.

*Parce qu'ils se figuraient que lui, François, ne
savait pas.*

Comme par ironie, c'était justement un souvenir de Stanislas qui lui revenait à ce propos, un
souvenir du Père Hobot, le professeur de religion,
quand il était en sixième, celui qui avait une tête
de Christ et qui écartait les bras en parlant
comme il l'aurait fait en chaire.

A la fin de chaque leçon, les élèves étaient in-
vités à présenter leurs objections, que réfutait
le Père Hobot.

Ce n'est pas François, mais un de ses condisciples, qui avait posé l'inévitable question au sujet
du libre arbitre.

— Si Dieu sait tout, depuis le commencement,
s'il sait, avant même que nous naissions, quelles
fautes nous commettrons, comment peut-on prétendre que nous sommes libres de nos actes? N'est-
ce pas Dieu qui devient responsable de nos péchés?

Il revoyait le prêtre, long et mince dans sa sou-
tane, se dresser avec l'air de se déplier lentement,
prendre son temps, les regarder tour à tour comme
pour prendre possession de leur esprit.

— Comme d'habitude, messieurs, je vais procéder par comparaison, par image. Un homme marche dans la rue en lisant son journal et vous le
suivez des yeux. Sur le chemin qu'il paraît vouloir suivre, et j'insiste sur ces trois derniers mots,

sur le chemin qu'il *paraît vouloir suivre,* vous remarquez que des ouvriers ont retiré une plaque d'égout et qu'il y a par conséquent un vide au milieu du trottoir.

Le mot égout faisait sourire toute la classe et le Père Hobot était satisfait de son effet. Il s'ingéniait toujours à trouver la comparaison triviale ou inattendue.

— Vingt pas, dix pas séparent l'homme de ce vide, et il s'arrête un moment... Vous, spectateur, vous le voyez s'arrêter... Va-t-il replier son journal et le remettre en poche?... Il heurte un passant et cela le fait dévier légèrement de sa ligne... C'est peut-être le salut?... Non, car le voilà qui reprend en aveugle, lisant toujours, sa direction première...

« Plus que cinq pas, plus que trois... La bouche d'égout est juste devant lui et son journal continue à la lui cacher.

« Vous le voyez et vous savez.

« Est-ce à dire qu'il n'est pas libre de s'arrêter à nouveau, d'interrompre sa lecture, ou de faire demi-tour?

« Cet homme qui va tomber dans l'égout, messieurs, c'est le symbole de... »

— Pourquoi souris-tu?

— Pour rien.

Cet homme, c'était lui. Les autres, que ce fussent Marcel, Renée, Raoul, Viviane ou Boussous, ou Mlle Berthe, les autres étaient des spectateurs de la scène, ceux qui regardaient le promeneur au journal et la plaque d'égout déplacée.

Voilà peut-être pourquoi, sans le vouloir, ils le fixaient avec un certain effroi.

Seulement, ce qu'ils ignoraient, c'est que lui aussi *savait* que l'égout était ouvert !

— L'addition, maître d'hôtel.

Pourtant, il ne savait *pas* que c'était la dernière fois qu'il déjeunait à cette terrasse.

— Tu retournes au bureau?

— Pour un moment. Ensuite, j'ai des rendez-vous en ville.

Chartier n'était pas revenu. Mlle Berthe avait l'habitude de manger au bureau, où elle apportait son déjeuner dans un petit paquet toujours joliment ficelé. Elle avait promis de lui téléphoner si Chartier revenait ou donnait de ses nouvelles.

Il était difficile de croire qu'il avait disparu volontairement, par exemple pour s'approprier les quinze ou les vingt mille francs encaissés à Auteuil. Maintes fois, il avait eu l'occasion d'emporter des sommes plus importantes et ne l'avait pas fait. Il est vrai que la situation s'était tendue de jour en jour, que Chartier avait du flair et une certaine expérience.

Plus plausible était l'hypothèse d'une souricière où il était tombé. Dans ce cas, quelqu'un de la maison n'avait-il pas dû renseigner la police? Etait-ce Boussous? Raoul? Piedbœuf lui-même? Pourquoi pas Viviane, qu'il mettait au courant de presque toutes les affaires du journal?

Ne venait-elle pas d'avouer qu'elle n'accepterait pour rien au monde de redevenir pauvre?

— Comment sais-tu que c'est aujourd'hui la distribution des prix?

Elle tressaillit, car elle avait senti sa méfiance. Elle en fut d'abord étonnée, puis elle éclata de rire.

— Mimi est venue me dire bonjour après ton coup de téléphone. Elle descend presque chaque matin, en peignoir, après son bain.

— Je ne vois pas le rapport.

— Mimi a une sœur qui a épousé un architecte et le ménage habite rive gauche. Ils ont un fils de seize ans qui est à Stanislas, tout comme Bob. Mimi, cet après-midi, accompagne sa sœur à la distribution des prix. Ce n'est pas sorcier. Je te vois ce soir?

— Peut-être.

— J'aimerais te rencontrer, ne fût-ce qu'un moment, ailleurs qu'ici. Je crois que cela vaudrait mieux.

— Je te téléphonerai après 17 heures, à moins que je passe directement rue de Presbourg.

— Si par hasard je sortais, je te laisserais un message.

Il lui garda rancune de ce mot-là. Dieu sait si elle n'abusait pas de sa liberté. Mais il lui paraissait monstrueux qu'un jour comme aujourd'hui elle pût avoir d'autres soucis que de l'attendre. Qu'importait qu'elle ne sût pas. Elle sentait qu'il se passait des choses importantes. Boussous, déjà, était parti.

Et, si Chartier était vraiment arrêté, qu'était-il en train de raconter?

Seule la Police Judiciaire, dans les limites de Paris, avait pu lui tendre un piège et procéder à une arrestation en règle. Dans ce cas, Chartier était quai des Orfèvres et Boutarel devait se mettre joyeusement de la partie.

Chartier n'avait rien d'un héros. C'était un enfant trouvé, qui s'était échappé de l'orphelinat et qui avait poussé tout seul à Belleville, se faufilant dans la vie, cynique et blagueur, avec la faculté qu'ont les chats de retomber toujours sur leurs pattes.

Un jour, François disait devant lui à un visiteur :

— Nous sommes honnêtes, ici, monsieur. Nous travaillons au grand jour.

Et Chartier, campé derrière le client, avait adressé un clin d'œil à son patron, en se tapotant le menton d'un index ironique.

La petite comédie imaginée au sujet des *Têtes de Turc* servait François. A l'entrepreneur de travaux publics, Chartier avait dû raconter, comme aux autres, qu'il était venu le voir de son plein gré, de son propre chef, à l'insu de son patron, parce qu'il était indigné de voir... etc., etc.

Il n'existait aucune preuve du contraire. Et même, en cas de condamnation pour délit de presse — ce qui ne serait pas tout à fait le cas, malheureusement — c'était Chartier, en sa qualité de gérant responsable, qui aurait à aller en prison.

Il y était déjà allé, mais pas pour François. C'était plus ancien. Il avait laissé échapper cet aveu un jour qu'on parlait de haricots et qu'il assurait en avoir mangé en un an pour tout le reste de ses jours. Il n'avait jamais fourni de détails. Il devait avoir plusieurs condamnations à son actif au moment de son service militaire, puisqu'il avait fait partie des Bataillons d'Afrique où l'on n'envoie que les fortes têtes. C'est de son existence au régiment qu'il parlait le plus volontiers, et il aimait à la grande indignation de Mlle Berthe, fredonner à l'oreille de celle-ci les chansons de route les plus corsées.

François ne proposa pas à Viviane de la reconduire en auto. C'était à deux pas. Laissant sa voiture en face du *Fouquet's* il traversa les Champs-Elysées, monta à son bureau.

— Chartier?

— Non, répondit Mlle Berthe. Mais Boussous est venu.

Il en fut tout joyeux, l'espace d'un instant. Du coup, cela lui rendait confiance, mais ce fut de courte durée.

— Qu'est-ce qu'il a dit?

— Rien.

— Il est venu faire quelque chose?

— Il a rempli une serviette de papiers et l'a emportée.

Les tiroirs de son bureau étaient à peu près vides et il ne s'était pas donné la peine de les refermer. Comme un homme qui quitte un hôtel, il laissait derrière lui une pipe cassée, une vieille blague à tabac, des bouts de crayons et des papiers sales.

Mlle Berthe, qui avait compris, le regardait en silence.

— Mon frère?

— Il est allé déjeuner.

— Seul?

— Boussous l'a invité. M. Raoul a promis d'être de retour à 14 heures pour recevoir les collaborateurs.

Il était 14 h 10.

— Les piges ne sont pas faites, continua-t-elle. On ne pourra pas payer cet après-midi. Je suppose que cela vaut mieux.

Comment avait-on pu faire autant de chemin dans le découragement en si peu de temps, sans presque qu'on s'en aperçût? Cette dernière phrase était plus symbolique que le reste, surtout venant de Mlle Berthe.

Il répondit sèchement — et se repentit aussitôt de sa sécheresse :

— Vous en serez quitte pour établir les piges au fur et à mesure et vous payerez.

— Vous avez l'argent?

Il lui en remit, un peu à regret.

— A moins, dit-il, que vous ne préfériez vous en aller, vous aussi?

Au même moment, Raoul entrait et Mlle Berthe n'eut pas besoin de répondre.

— Et d'un! dit-il, comme un homme en appétit.

Puis, interrogateur, sans la moindre inquiétude dans la voix :

— Alors, Chartier? Bouclé?

Il accompagnait le mot d'un geste éloquent de la main. Il eut la mauvaise inspiration d'ajouter :

— Je commence à me demander si mon ami

Bob passera ses vacances à la mer cette année. Au fait, tu vas à la distribution des prix?

Encore un qui savait, qui s'acharnait à le faire penser à son fils! Le plus grave, c'est que c'était Bob qui devait avoir parlé à Raoul de la distribution des prix. Raoul avait pris l'habitude d'aller souvent rue Delambre, de préférence quand François n'y était pas. Cela lui était d'autant plus facile qu'au bureau il entendait ses coups de téléphone à Viviane.

On évitait de faire allusion à ces visites devant lui. C'était un peu comme une conspiration, dont Mme Gaudichon faisait partie. Elle s'était coupée à plusieurs reprises.

Pourquoi Bob n'en parlait-il pas franchement à son père? Parce qu'il avait honte de son amitié pour le vieil ivrogne? Ou bien, lui aussi, par crainte de faire de la peine?

— Il faut que tu sois à la *Taverne Royale* à 17 heures, de préférence un peu avant.

— Bon. Pourquoi?

Il lui tendit le message de Piedbœuf.

— Entendu, soupira Raoul. On paie?

Et, voyant les billets sur le bureau de Mlle Berthe, il fit la réponse lui-même.

— On paie! Allons-y!

Dans quelques minutes commencerait le défilé des pauvres mecs, comme Chartier disait, qui venaient trois ou quatre fois des coins les plus reculés de Paris ou de la banlieue pour se faire payer un écho ou un petit dessin de cinquante francs. Quand ils étaient partis, le bureau ressemblait à une tabagie, avec une persistante odeur de vieux vêtements et de chaussures.

François était furieux, vexé, d'aller à Vincennes en métro, mais ce n'était pas l'heure de discuter les instructions de Piedbœuf qui était probablement le seul à savoir où on en était. François descendit à pied les Champs-Elysées.

A la porte d'un couturier, il reconnut la voiture et le chauffeur de Renée.

Il se mit à penser avec envie à Marcel. Il se dit que pour être à l'abri des attaques, comme celui-ci paraissait l'être, il faut avoir dépassé un certain cap que François n'avait même pas encore atteint.

Marcel, lui, par son beau-père, était en quelque sorte une crapule de seconde génération, pour parler comme Raoul, et ses filles seraient des personnes tout à fait respectables, leurs enfants aussi, puis cela se mettrait à redescendre à la façon des Nailles et des Lecoin, cela donnerait des gens bien élevés, bien pensants, qui se souviendraient des splendeurs de la famille et gémiraient sur leurs malheurs.

En un jour il y aurait des garçons comme eux, comme Marcel, Raoul et lui-même.

Maintenant, au bout d'une des branches, il y avait Bob, qui étudiait à Stanislas avec des petits riches glorieux.

A la Concorde, il faillit bifurquer vers la rue Boissy-d'Anglas rien que pour entrer dans un bistrot. Il venait d'avoir brusquement une bouffée de ses brouillards de jadis, du pauvre type de François Lecoin qui allait tout seul dans ses interminables tranchées de rues en soliloquant.

La nostalgie le prenait et il se demandait tout à coup si ce François-là était réellement malheureux.

Certes, il buvait à tous les comptoirs. Il buvait une bonne partie du rare argent qu'il avait tant de peine à obtenir, au prix de petites ruses et d'humiliations.

Mais c'était bon comme une niche de chien, quand son brouillard était à point, bien épais. C'était exaltant de regarder le monde avec une douloureuse envie, de se frapper contre ces hautes maisons qui semblaient des murailles dressées tout exprès pour qu'il s'y cognât la tête.

Il était petit et faible et c'était sur lui que le sort s'acharnait, le traquant jour après jour, riant d'un immense rire féroce à chaque nouveau coup bien appliqué. Dès qu'il faisait mine de se redresser, qu'il entrevoyait un rayon d'espoir et tendait la main, bien vite le monstre inventait un nouveau malheur pour le remettre sur les genoux.

A cette époque-là, il enviait les filles elles-mêmes. Pas seulement une Viviane, mais l'Adjudant. Il enviait les clochards des quais qui, chaque semaine, ont droit à une soupe chaude et à un lit sur la péniche de l'Armée du Salut et pour qui, chaque année, on organise un réveillon de Noël.

C'était facile : le brouillard était à la portée de sa main. Souvent au cours des trois dernières années, il lui était arrivé de loucher vers le zinc des marchands de vins, non par envie de boire, mais pour retrouver une certaine densité d'atmosphère qu'il avait perdue.

Il ne s'était jamais habitué aux bureaux trop clairs et trop nets des Champs-Elysées, ni à l'appartement de la rue de Presbourg. Même le logement de la rue Delambre, depuis qu'on l'avait repeint à neuf, avait perdu son mystère.

Quelques verres, sur l'étain plus ou moins visqueux du comptoir, dans une épaisse odeur de vinasse et d'alcool, et il se sentirait à nouveau l'homme le plus accablé du monde. Il pourrait ricaner en pensant à eux, à tous ceux qu'il portait à bras tendus et qui, croyant qu'il allait perdre l'équilibre, se hâtaient de sauter sur la terre ferme.

Raoul, pourtant, était revenu. Mlle Berthe était restée. Elle ne risquait rien; elle n'était qu'une employée. Il la payait plus cher que ce qu'elle aurait obtenu dans n'importe quelle autre place. Elle était avare à sa manière, économisait sur tout, sur ses déjeuners, sur ses menues dépenses et, si, le soir, elle cousait elle-même ses robes et rafraîchissait ses chapeaux, c'était pour parfaire la somme qui lui permettrait d'aller vivre avec sa mère à la campagne.

Elle ne savait pas ce que c'était, pas plus que François. Pour elle, les vaches, les poules, les cochons étaient des jouets en bois découpé qu'on voit aux vitrines aux approches de Noël, et les champs étaient les blés ondulants aperçus par la portière des trains, les fermes, de jolis toits rouges plantés dans la verdure, et le soleil.

Chartier, à cette heure, était probablement en train de parler, assis sur un coin de table comme il le faisait au bureau, aussi à son aise, aussi gouailleur dans les locaux de la Police Judiciaire qu'aux Champs-Elysées.

Après son rendez-vous avec Piedbœuf, François irait voir son avocat. Il avait promis de passer à la *Taverne Royale*. Il avait presque promis à Viviane d'aller rue de Presbourg. Il avait aussi envie de voir son fils après la distribution des prix.

Il était temps qu'il prît le métro et, pour obéir à Piedbœuf plutôt que par conviction, il s'assura qu'il n'était pas suivi, changea deux fois de rame en cours de route.

C'était encore le faire penser à Bob que de l'emmener au Zoo de Vincennes, où ils venaient souvent tous les trois, le dimanche, quand le gamin était petit et que son père le portait encore sur ses épaules pour lui montrer les animaux.

— Il peut marcher, François, mets-le à terre. Il va te fatiguer, disait Germaine.

Le soleil, la poussière, le Zoo lui-même, en ce temps-là, avaient un autre goût, une autre odeur. Et, quand lui, François, était un petit garçon, le

Zoo n'existant pas encore, son père le conduisait au Jardin des Plantes.

Qu'est-ce que son père supposait qu'il deviendrait plus tard? S'inquiétait-il de ce que François pensait, de l'image qu'il garderait de lui?

Il arrivait à hauteur des premiers fossés qui séparent la foule des animaux et quelqu'un le fit tressaillir en lui touchant l'épaule. C'était Piedbœuf.

— Je vous suis depuis un moment, chef. Je tenais à m'assurer qu'il n'y avait personne sur vos talons. Ça sent mauvais, vous savez. Ça sent même très mauvais. Venez par ici. Savez-vous à quoi je pensais tout à l'heure? Je me demandais si ce n'était pas l'occasion, pour vous, de faire un tour en Belgique. Ma foi, je ne dis pas qu'il ne m'arrivera pas d'aller vous y rejoindre.

— Chartier?

— Au quai des Orfèvres, depuis 10 heures du matin. On lui a fait monter des sandwiches et de la bière de la Brasserie Dauphine. On en a fait monter pour ces messieurs aussi. Ils sont cinq enfermés dans un bureau, y compris cette crapule de Boutarel, et ils se tiennent en contact téléphonique avec la rue des Saussaies. Je suis du métier et vous pouvez me croire si je vous dis que leur coup a été fameusement bien monté.

— Ils sont venus au bureau la nuit dernière.

— Pas les mêmes. Ceux-là, c'étaient ceux de la Sûreté, Joris en tête. Ne croyez pourtant pas que Gianini et Boutarel en aient fini avec moi!

Tout à coup, François entrevit dans un éclair une solution possible et fut obligé de détourner les yeux.

Qu'est-ce qui l'empêchait de tirer son épingle du jeu, lui aussi, comme Boussous l'avait déjà fait, comme Chartier était sans doute en train de le faire, comme les autres allaient essayer de le faire tour à tour?

222

S'il allait voir Gianini, d'égal à égal, pour lui proposer la paix?

Mieux encore, il pouvait aller rue des Saussaies, où il était persuadé qu'on le recevrait immédiatement. Un de ses confrères, qui dirigeait un journal dans le genre du sien, y était allé sans en rien dire à personne. Depuis, il était tranquille. Son journal continuait à paraître. Sans doute recevait-il quelques directives discrètes. De son côté, à l'occasion, il fournissait certains renseignements.

Moyennant quoi, il avait son « condé », c'est-à-dire qu'on le laissait fricoter en paix et qu'au besoin on lui évitait de menus ennuis.

Chaque fin de mois, par-dessus le marché, comme beaucoup d'autres, comme certains directeurs en vue, il recevait une enveloppe qui contenait sa part des fonds secrets.

François leur avait prouvé qu'on devait compter avec lui, puisque, tout seul, il avait tenu le coup pendant trois ans et qu'il avait forcé le Conseil municipal à ouvrir plusieurs enquêtes. Leur acharnement, l'attaque de grand style qu'ils déclenchaient contre lui, prouvaient qu'il n'était pas un adversaire à dédaigner.

Piedbœuf soupçonnait-il la tournure prise par ses pensées?

— J'aimerais beaucoup vous savoir à Bruxelles, où tant d'autres sont allés avant vous, y compris Victor Hugo et votre prédécesseur Rochefort. Vous voyez que je connais ma petite histoire. Cela ne les a pas empêchés de revenir. Vous reviendrez aussi et, en attendant, je serai moins inquiet.

Il sentait, comme d'habitude, le calvados à plein nez. Il avait dû en prendre une bonne dose avant cet entretien.

— Remarquez que je n'ai personnellement rien à craindre. J'ai toujours pris la précaution de ne rien signer, de ne laisser aucun papier derrière moi. Cependant, bien que vous n'ayez aucune preuve, aucun témoin, je trouve préférable pour tout le monde qu'ils ne vous questionnent pas de trop près.

Comme s'il craignait d'avoir aiguillé François sur une voie dangereuse :

— Inutile d'ajouter que j'ai, moi aussi, ce qu'il faut pour me défendre. Et pour attaquer au besoin. Surtout pour attaquer. Le train de nuit est à 23 heures et quelques minutes à la gare du Nord. Il n'y a pas besoin de passeport. Pensez-y, chef! A tout hasard, j'irai faire un tour sur le quai. Vous avez de l'argent sur vous? Tant mieux. J'ai eu de gros frais. Et vous n'aurez peut-être pas l'occasion de me voir d'ici un certain temps.

François lui donna deux mille francs, en s'efforçant de ne pas lui laisser voir le contenu de son portefeuille. Il devenait avare à son tour, se mettait à regretter d'avoir remis à Mlle Berthe de quoi payer les piges. Elle avait eu raison quand elle avait dit qu'il valait peut-être mieux ne pas recevoir les collaborateurs.

Lui non plus ne retrouverait peut-être pas d'argent d'ici longtemps et il comptait mentalement ce qui lui restait dans sa poche.

6

Il s'en voulait maintenant d'avoir obéi aux injonctions de Piedbœuf et d'avoir laissé sa voiture en face du *Fouquet's*. Il y avait longtemps qu'il n'avait pas voyagé en métro et il en sortait déprimé par cette humidité souterraine, cette vie ralentie, dans une lumière sans éclat et sans ombre, un monde muet comme un monde de poissons, où le seul bruit était un hurlement métallique au passage des trains.

Au bas de l'escalier de pierre, où un écriteau d'émail lui enjoignait de prendre à gauche, la lumière pénétrante du jour le heurtait, et il ne reconnaissait pas tout de suite, vues de cet angle, les colonnades de la Madeleine. Il s'arrêtait à mi-chemin de la montée et découvrait un autre aspect de l'univers, vu du ras des trottoirs, des milliers de jambes en mouvement, les jambes claires des femmes dont les hauts talons scandaient la marche comme une danse, les jambes sombres et flasques des hommes; et, comme une marée, le bruit, le crissement de toutes ces semelles sur le sol poussiéreux, les freins des autos et des autobus.

Il lui sembla que, depuis qu'il était descendu sous terre, le rythme de la vie s'était accéléré et il se sentit gauche en traversant le boulevard.

L'horloge, en face de l'église, marquait 17 heures et 3 minutes. Jamais il n'avait vu tant de monde que ce jour-là sur la portion du trottoir qui va de la Madeleine au faubourg Saint-Honoré, et les deux terrasses qui se touchaient n'en formaient qu'une, grouillante, débordante, celle de la Taverne Royale et celle du Weber.

Il y cherchait son frère, se faufilait entre les tables, entre les épaules et les jambes, évitant de justesse le plateau des garçons. Il connaissait le coin où Raoul se tenait d'habitude, mais il n'y était pas. C'était étonnant de penser que le désordre n'était qu'apparent et que, dans cette mêlée, chacun savait où il allait, chacun avait sa place.

Raoul n'était pas souvent exact et ne tarderait sans doute pas à arriver. Peut-être avait-il dû attendre l'autobus. La foule était si dense ce soir-là que François se demandait s'il n'y avait pas une fête qu'il avait oubliée, comme il avait oublié la distribution des prix.

— Dites-moi, garçon, vous n'avez pas vu mon frère?

— Il n'est pas là-haut?

Raoul ne se contentait pas de boire à la terrasse. Trouvant que l'on était trop lent à y renouveler les consommations, il lui arrivait de monter, d'avaler en vitesse un verre de cognac au bar avant de revenir prendre sa place. On ne l'avait pas vu au bar non plus.

S'était-il décidé, en fin de compte, à imiter Boussous?

Quand François redescendit, il crut apercevoir dans la cohue son rédacteur en chef et faillit s'élancer. Ce n'était pas Boussous, c'était un autre gros homme qui fumait la pipe et qui marchait comme lui en se dandinant.

Il allait téléphoner au bureau. C'était le plus simple. Il n'avait pas besoin de Raoul. Il n'avait qu'en faire. S'il s'arrangeait avec la rue des Saussaies, il ne le dirait à personne. Pas même à son frère? Non! Il avait l'impression que Raoul n'aimerait pas ça. Il le garderait donc au journal, sans le mettre au courant, et il était probable que, l'alerte passée, Boussous reviendrait.

Il n'avait pas décidé qu'il ferait ceci ou cela. Il était tard pour une démarche de ce genre. Il n'avait pas le temps de réfléchir à la façon dont il s'y prendrait et cela le gênait, il était un peu écœuré.

Il fallait être sûr, avant tout, que Bob ne l'apprendrait jamais. François attachait à ce point une importance capitale. C'était à prendre ou à laisser. Bob ne comprendrait pas. Il n'était pas comme Viviane qui, tout à l'heure, à la terrasse du *Fouquet's,* avait répondu nettement, avec un accent presque sauvage :

— Non!

Il y avait l'autre solution, celle de s'adresser à Marcel, de préférence à Renée. A certains moments, les brouilles ne comptent plus. Il leur expliquerait que c'était une question de vie ou de mort.

Piedbœuf essaierait de se venger. Il ne s'en était pas caché. Il avait laissé entendre qu'il possédait des armes contre François. Lesquelles? Cela avait été une faute de trop se fier à lui. C'était le type même de l'ivrogne méchant, rancunier, et il englobait l'humanité entière dans sa haine virulente pour Boutarel.

Si François s'arrangeait avec la rue des Saussaies, Piedbœuf serait automatiquement neutralisé et ne pourrait plus nuire. Son beau-frère sauterait probablement. François ne l'avait jamais vu, ne savait pas comment il était. Cela devait être un homme d'âge moyen, un bûcheur, pour arriver à la situation qu'il occupait, un de ces fonctionnaires opiniâtres et austères qu'on voit passer le dimanche, leur femme au bras, avec des enfants déjà éteints qui marchent en avant.

Ou bien il occupait un appartement dans les nouveaux immeubles de la ville de Paris, sur les anciens terrains des fortifications, ou bien il s'était fait construire un pavillon, payable par annuités, quelque part du côté de Choisy-le-Roi, où il cultivait un bout de jardin.

Combien Piedbœuf lui donnait-il? Combien François lui avait-il indirectement rapporté en trois ans? Il devait être inquiet, lui aussi, et sans doute attendrait-il ce soir le coup de téléphone de son beau-frère lui annonçant :

— Il est parti !

Mais il devait avoir pensé à la solution qui était venue à l'esprit de François.

Celui-ci était entré dans un bar sans presque s'en rendre compte. Ce n'était pas pour boire, mais pour téléphoner, et il s'était retourné souvent pour s'assurer qu'il n'était pas suivi. Si quelqu'un du bureau trahissait, la police, en effet, pouvait être au courant de son rendez-vous de 17 heures à la Taverne Royale.

Enfermé dans la cabine, il composa son numéro et attendit. On lui avait affirmé — mais il ne savait plus qui — qu'avec le téléphone automatique, il est impossible de découvrir la source d'un appel. Il aurait dû demander confirmation à Piedbœuf, qui savait certainement la vérité.

Il entendait la sonnerie. On décrochait. C'est Mlle Berthe qui aurait dû lui répondre; or, il n'entendait rien.

— Allô!... fit-il entre deux toussotements hésitants.

Alors une voix d'homme, qui n'était pas celle de Raoul, répéta comme un écho :

— Allô?

— Eysées 34-77?

— Oui.

— Qui est à l'appareil?

Un silence. Il entendait remuer, chuchoter. Ce fut une autre voix qui questionna :

— Qui parle?

François, qui se sentait soudain très lourd, raccrocha, sortit sans s'arrêter au bar, le regretta une fois sur le trottoir, car il avait la bouche pâteuse, continua son chemin.

C'est d'instinct, sans plan préconçu, qu'à ce moment il tourna le dos au quartier de l'Etoile et, traversant la rue Royale, s'enfonça dans la rue Saint-Honoré.

Raoul était-il resté au bureau? L'avait-on retenu? Tout cela pouvait évidemment n'être qu'un hasard. Quand Mlle Berthe était occupée, il arrivait à un des pauvres types attendant leur argent de décrocher l'appareil. Mais alors, pourquoi deux voix différentes?

Il entra dans un autre bar, dans une nouvelle cabine, composa le numéro. Le déclic tardait à se produire. Puis cela sonnait. On décrochait. Il attendait, retenant son haleine. La seconde voix de tout à l'heure prononçait enfin :

— Allô!

Puis, avec une gaucherie perceptible :

— Ici, *la Cravache*.

Il valait mieux s'éloigner. Il n'était pas assez sûr de leur impuissance à repérer le point de départ d'un appel. Il se mit à marcher vite le long des trottoirs étroits, en s'ingéniant à éviter les passants.

Ils étaient à l'attendre dans son bureau. Si Raoul était encore avec eux, ils n'avaient pas dû l'arrêter, car on n'arrête pas les employés, et son frère n'était qu'un employé. Peut-être avaient-ils renvoyé Mlle Berthe chez elle? Il regretta qu'elle n'eût pas le téléphone à l'herboristerie.

Chartier avait parlé, comme il s'y attendait. Il n'avait aucune raison de se taire. Jamais les rues ne lui avaient paru aussi profondes et il tressaillit en faisant un écart devant la lanterne d'un poste de police sous laquelle étaient rangés les vélos des agents.

Etait-il encore temps de se présenter, de son plein gré, rue des Saussaies? N'allait-on pas rire de lui et l'arrêter quand même?

Au fond, il avait toujours été naïf. C'était peut-être la véritable explication des regards qui l'avaient tant intrigué : on ne le prenait pas au sérieux.

Après tout l'argent qu'il avait distribué depuis le matin, il lui restait à peine trois mille cinq cents francs en poche et sa voiture était toujours en face du *Fouquet's*. L'avaient-ils repérée? N'était-ce pas dangereux d'aller la chercher? Il n'en avait pas envie. Le quartier des Champs-Elysées lui inspirait tout à coup une sorte de dégoût mêlé de terreur.

Les milliers de gens qui le frôlaient avaient tous leurs problèmes. Mais y en avait-il, parmi eux, dont les problèmes fussent aussi aigus et urgents que les siens?

Malgré cela, il ne pensait pas, sautait d'un sujet à l'autre d'une façon saccadée, presque folle. Il fallait téléphoner rue Delambre, avant tout. Heureusement qu'il y avait des bars tout le long du chemin. Cette fois-ci, la cabine était occupée par une femme qui souriait bêtement à l'appareil. Une fois encore, il faillit boire en attendant, et se retint.

— Allô? C'est vous, madame Gaudichon? C'est monsieur qui vous parle.

— J'entends bien.

— Comment cela va-t-il là-bas?

— Bien. Pourquoi?

— Bob?

— Il est rentré du collège. Depuis un moment, il est enfermé dans sa chambre et je ne l'entends pas. Je suppose qu'il dort. Voulez-vous que je l'appelle?

— Non.

Elle parlait bas pour ne pas réveiller le gamin.

— A propos, il est venu quelqu'un pour vous tout à l'heure, deux messieurs.

— Qu'ont-ils dit?

— Rien. Je ne sais pas. C'est Bob qui les a reçus. J'étais dans la cuisine.

— Ils sont partis?

— Bien sûr qu'ils n'allaient pas passer l'après-midi ici!

— Bob ne vous a pas dit ce qu'ils voulaient?

— Non. Il vous en parlera sans doute tout à l'heure.

— Comment est-il?

— Un peu fatigué. C'était aujourd'hui la distribution des prix et cela fatigue toujours les enfants. Vous rentrez pour dîner?

— Probablement. Je n'en suis pas encore sûr.

— C'est pratique pour moi!

Etaient-ce les mêmes qui étaient allés rue Delambre et qui s'étaient rendus ensuite aux Champs-Elysées? Ils ne paraissaient pas avoir insisté. Qu'avaient-ils dit à Bob? Ces gens-là ont-ils au moins la pudeur de respecter les enfants?

Il marchait. Il n'aimait pas traîner dans un endroit d'où il avait téléphoné. Il allait vite, d'une démarche qui devenait saccadée, se retournait de plus en plus souvent. C'était un peu comme si, de nouveau, on venait de dresser un mur sur sa route.

D'abord, on lui avait barré les Champs-Elysées, et maintenant c'était la rue Delambre.

Il fallait qu'il trouvât une solution et il trouverait, mais pour cela il avait besoin de savoir.

Un autre bar, une autre cabine. Un jeton, puis un numéro, celui de la rue de Presbourg. Si c'était un homme qui allait répondre?

C'était Viviane, mais il comprit à sa voix qu'il se passait quelque chose là-bas aussi.

— Où es-tu, François? Ou plutôt ne me le dis pas. Fais attention à tes paroles. Dis-moi seulement si tu es en ville.

— Oui.

— Ils sont venus il y a une heure.

— A deux?

— A deux, oui. Je ne les connais pas. Ils ont essayé de me faire dire où tu étais, quand et où je devais te retrouver. Tu m'écoutes?

— Oui.

— Tu es seul, n'est-ce pas?

— Seul, oui.

Il n'avait même jamais été aussi parfaitement seul de sa vie!

— Ils ont fouillé l'appartement?

— Un peu, oui. Ils n'ont pas mis de désordre.

— Et, avec toi, ils ont été corrects?

— A peu près. Peu importe. Surtout, ne va pas au bureau. J'ai essayé de téléphoner pour t'avertir. C'est un homme qui m'a répondu.

— Je sais.

— Ah! bon. J'ai l'impression d'avoir reconnu la voix d'un de ceux qui sont venus ici. Que vas-tu faire? Je suis bête. Ne dis rien. Tu trouveras toujours le moyen de m'apprendre où tu es, mais seulement quand tu seras en sûreté. Je voudrais t'aider, François.

— Merci.

— J'ai essayé de savoir, en regardant par la fenêtre, s'ils ont laissé quelqu'un en faction dans la rue. Je ne vois malheureusement qu'une partie du trottoir. Je n'ai pas osé descendre, car j'attendais ton coup de téléphone. Si tu m'appelles à nouveau un peu plus tard, je pourrai te renseigner.

Ils se turent tous les deux. Elle devait avoir un sourire amer quand elle lança :

— Tu te souviens de notre déjeuner, mon pauvre François?

— Oui.

— Tu crois que tu pourras t'arranger?

— Il faudra bien, n'est-ce pas?

Etait-ce la dernière fois qu'il entendait sa voix? Cela le faisait hésiter à couper le contact qui existait encore entre eux, entre lui et un être humain.

— Au revoir.

— Au revoir.

Il ne pouvait pas l'emmener. Car il venait de décider soudain de partir. S'arranger avec les gens de la Sûreté Nationale n'était plus possible. Il était trop tard. On se moquerait de lui. On s'amuserait à le passer à tabac. Piedbœuf avait eu raison et il enrageait d'avoir à le constater, surtout que l'ex-inspecteur lui avait pris cyniquement une bonne partie de l'argent qui lui restait.

Il n'emmènerait pas Viviane. Rien que Bob. Pour cela, il fallait de l'argent tout de suite, beaucoup d'argent, car lui aussi, à sa propre question de tout à l'heure, avait répondu et répondait encore :

« *Non!* »

Ils partiraient tous les deux pour Bruxelles, avec de l'argent en poche, assez d'argent pour ne plus jamais être pauvres, pour ne plus avoir à s'humilier ni avoir honte. Il ne fallait surtout pas que Bob eût l'impression que son père dégringolait à nouveau la pente.

Cela aurait l'air d'une partie de plaisir, comme quand ils étaient partis pour Deauville.

Qui sait? C'était peut-être enfin une chance que le sort lui envoyait... Ils vivraient tous les deux dans un autre pays, dans de nouveaux décors, dans de nouveaux meubles, avec d'autres gens. François recommencerait à neuf, vraiment à neuf.

Une vie digne. Ce n'était pas tant la fortune qu'il convoitait, ni le luxe, qu'une sorte de dignité, et ce mot-là avait pour lui un sens précis qu'il n'était pas capable d'expliquer. Ne trembler devant personne, devant aucun homme! Ne pas trembler non plus devant la vie! Ne pas se sentir un être inférieur, à qui d'autres êtres, en se jouant sans remords, assignaient des limites, selon leur intérêt ou leur fantaisie!

Ne plus avoir le besoin de tricher, de mentir, fût-ce à soi-même! Il en avait les larmes aux yeux tout en marchant dans les rues, où quelques grosses gouttes de pluie étaient tombées pendant qu'il téléphonait.

Ce qui serait merveilleux c'est que, comme c'était arrivé trois ans plus tôt, Renée fût seule quai Malaquais, et toute la famille à Deauville. Pourquoi le destin, fatigué d'être contre lui, ne lui accorderait-il pas cette faveur?

Il n'en demandait pas plus. Il lui parlerait. Il lui parlerait un langage qu'il n'avait encore jamais employé avec personne. C'était réellement, c'était dans le vrai sens du mot, une question de vie et de mort. Elle ou lui. Et, si elle ne comprenait pas, ce serait elle, bien entendu. Déjà, trois ans auparavant, l'espace d'un instant, il avait envisagé de la tuer, et cela n'avait pas été une idée en l'air.

Aujourd'hui, il n'aurait pas la plus légère hésitation si elle ne lui donnait pas ce qu'il réclamait. N'en ferait-elle pas autant pour ses filles?

Le plus difficile serait d'amener Bob à la gare. Il répugnait à se rendre rue Delambre. Il avait fini par atteindre le quartier des Halles. Il n'aurait pas loin à marcher pour gagner le quai Malaquais. Il valait mieux téléphoner d'abord. Au moment où il entrait chez un marchand de vins, il lut les mots « rue Coquillière » sur une plaque d'émail bleu.

Il tirait son carnet d'adresses de sa poche. C'était Mlle Berthe qui le lui tenait à jour et cela lui semblait drôle de voir son écriture calme et bien lisible. La sonnerie résonnait. Elle résonnait trop longtemps à son gré. Tant pis si c'était Marcel qui était à Paris. Il verrait Marcel.

Pourquoi avait-il l'impression, au son qu'il entendait à l'autre bout du fil, d'un appartement vide? Une voix enfin, une voix féminine. Ce n'était pas celle de Renée, ni d'une femme de chambre. C'était un disque qui parlait.

« *Service des abonnés absents.*

« *M. et Mme Lecoin sont absents de Paris jusqu'au 15 septembre.* »

Comme il oubliait de raccrocher, le disque continuait à tourner, répétait la même phrase. Et le disque était d'autant plus ironique que François se souvenait d'avoir vu la voiture de Renée quelques heures plus tôt aux Champs-Elysées.

Son front, son dos étaient moites.

On n'arrêtait pas de le traquer, de dresser des murs devant ses pas. Peut-être avait-il tort d'attendre le train de nuit, de se préoccuper de Bob qui pourrait le rejoindre plus tard, car la police n'arrête pas les enfants. C'était facile de se faire conduire en taxi à la gare du Nord et de sauter dans le premier train venu avant que son signalement fût donné aux gares et aux aérodromes. N'y avait-il pas un avion toutes les heures pour la Belgique? Il avait assez d'argent en poche pour le voyage et pour ses besoins immédiats, sans compter la montre en or qu'il s'était achetée dès qu'il s'était senti riche.

Au lieu de s'en aller, il pataugeait dans le quartier des Halles, puis de l'Hôtel de Ville, se rapprochant ainsi, sans en avoir conscience, de la rive gauche où il était né et où il avait toujours vécu.

— Allô! Viviane?

— Oui. Je suis descendue. J'ai surveillé les alentours. Je n'ai rien vu de suspect. A ta place, cependant, je ne m'y fierais pas.

Et, après un temps :

— Tu as de l'argent?

— Tu en as besoin? questionna-t-il froidement.

— Mais non. C'est pour toi. Je m'inquiète de savoir si tu as assez d'argent pour...

Elle s'arrêta à temps. Elle avait dû, elle aussi, penser à Bruxelles, et il était probable que leur communication était interceptée par la table d'écoute.

— Tu as des nouvelles de Bob?

Il paraît qu'il dort.

— Pauvre gosse!

Il raccrocha sans rien dire. Il n'avait rien à lui dire. De ce côté-là, le fil était coupé. C'était un autre mur...

Fut-ce par superstition qu'il n'osa pas passer devant le Palais de Justice et le quai des Orfèvres? Il fit un détour par l'Ile Saint-Louis, franchit le pont des Tournelles.

Pendant une longue période de sa vie, il avait marché ainsi des jours durant, mais il y avait longtemps que cela ne lui était pas arrivé. Il ne buvait toujours pas et, dans son esprit, c'était une sorte d'offrande qu'il faisait à son fils.

Il allait rejoindre Bob. Tant pis pour les risques. Ils partiraient tous les deux et il ne fallait

pas que le gamin sentît à son haleine qu'il avait
bu.

C'était curieux que Bob fût sans sévérité pour
l'ivrognerie de Raoul alors que ses sourcils se
fronçaient dès que son père buvait un simple verre
de bière ! Il avait pour son oncle une affection d'un
genre spécial, une amitié comme il en aurait eu
pour un égal, pour quelqu'un de son âge, et il ne
lui parlait pas de la même manière qu'à son père.

De toute façon, il était impossible à François
de se laisser arrêter. Il y avait pensé. Il pensait
à tout, par impulsions brusques et chaque fois
il croyait un instant qu'il tenait la bonne solution,
la seule.

La foule chaude continuait à couler autour de
lui.

Si François allait en prison, qui sait si ce ne
serait pas Raoul qui aurait la garde de l'enfant?
Bob en serait-il malheureux? Avait-il été malheureux quand ils étaient pauvres? Certains jours,
ne l'avait-il pas regardé d'un air de reproche,
ou d'un air déçu, en se demandant pourquoi son
père n'était pas comme les autres? Qu'avait-il
pensé, le soir de l'arrivée de Raoul, quand il était
allé chercher François dans le petit bar équivoque de la rue de la Gaîté?

Il ne voulait pas que Bob vécût avec Raoul. Il
ne pouvait pas aller en prison.

Il savait fort bien ce que certains attendaient
de lui, un Marcel, par exemple. L'idée lui en était
venue alors qu'il traversait la Seine.

Pour cela, il était indispensable d'attendre la
nuit. Cela lui donnait le temps d'aller boire dans
les petites rues où personne ne viendrait le déranger, le temps de s'entourer, de s'imbiber d'un
brouillard bien épais.

C'était le plus facile. C'est peut-être à cause
de cela, au fond, qu'il n'avait pas commandé à
boire et qu'il ne le ferait pas. S'il avalait un

seul verre d'alcool, le mécanisme se déclencherait et il irait irrésistiblement jusqu'au bout.

Pourquoi pas? Cela lui permettrait de rire, de rire une bonne fois, d'un rire vaste et sonore, dans la nuit, de leur rire au nez à tous, au nez de sa mère, de tous ces maudits Naille et Lecoin, au nez de Boussous, de Marcel, au nez de cette sainte Nitouche de Mlle Berthe et de ce traître au rabais de Piedbœuf, de rire un grand coup, à s'en déchirer les entrailles, puis de sauter.

On l'avait volé. On l'avait trompé sur toute la ligne. On avait fait de lui un miteux, un tourmenté, un demi-sel. C'était un mot de Chartier et il commençait seulement à en comprendre la signification : un faux honnête homme; une fausse crapule; moitié-moitié, comme dans les cocktails et comme dans les combines.

Cela voulait dire un rien du tout, voilà! Et c'était M. Rien-du-Tout qui s'agitait dans les rues comme une grosse mouche dans une chambre close — sous un lourd soleil d'été, avec d'énormes nuages gris qui commençaient à s'appesantir sur la ville, tandis qu'on s'ingéniait à lui boucher les dernières issues.

Il n'en atteignit pas moins son quartier. *Ils* ne l'auraient pas. Il jouerait le tout pour le tout. Il traversait déjà le boulevard Montparnasse. Qu'on le laisse seulement arriver rue Delambre, qu'on lui donne son fils et il se chargerait du reste, il se débrouillerait pour sauter dans un train ou dans un avion.

« *Non!* » avait répondu Viviane, à la terrasse du *Fouquet's*. Lui aussi avait dit :

« *Non!* »

Mais c'était il y a longtemps. Il ne serait d'ailleurs plus pauvre. Il ne serait plus un demi quelque chose. On lui avait fait rater Renée, qui, sans cela, serait peut-être morte, à cette heure-ci, dans son appartement du quai Malaquais.

Il en trouverait d'autres !

Ce n'était pas vrai ! Il mentait. Maintenant, au fond de lui-même, il répondit, quoique timidement :

« *Oui !...* »

Tout à l'heure, il aurait pu. Il en était persuadé. A présent, c'était fini. Il tournait le coin de sa rue. Il acceptait d'être pauvre, voilà, et il le criait bien vite au ciel, pour qu'on ne commît pas d'erreur sur son compte.

Il serait pauvre à Bruxelle, n'importe où. Il vendrait des journaux dans les rues si on voulait. Il cirerait des souliers.

Est-ce qu'il avait fait assez de concessions ? Est-ce qu'on allait le laisser tranquille et, maintenant qu'il demandait si peu, lui donner enfin sa chance ?

Pourquoi n'arrêtait-il pas un taxi tout de suite, pour gagner du temps ? Il ne le faisait pas. Il se disait que le taxi aurait probablement à attendre. C'était drôle de reprendre une mentalité de pauvre alors qu'il avait une voiture décapotable, presque neuve, devant la terrasse du *Fouquet's*.

Il suffirait d'appeler Bob, même d'en bas. Les fenêtres devaient être ouvertes et il entendrait, ou Mme Gaudichon entendrait et avertirait le gamin. Il n'y avait pas besoin de bagages. C'était inutile de perdre du temps.

— On part en vacances, mon garçon !

— Mais...

— Ne t'inquiète pas. On part en vacances, pour toujours. Tu entends, Bob ? Pour toujours ! A la gare du Nord, chauffeur !

Ou à Orly, ou au Bourget, il ne savait pas, cela n'avait pas d'importance. Le taxi pouvait les conduire jusqu'à la frontière.

Il allait toujours, pris de vertige, d'une angoisse physique, comme quand il était revenu un soir avec un nouveau costume en fil à fil et qu'il avait acheté quatre coquilles de homard et un saint-honoré.

Raoul l'avait volé, ce soir-là, avec sa tarte à la crème et son pistolet automatique.

On l'avait toujours volé.

— Qu'est-ce que, ce soir, on était en train de lui faire?

Il levait la main comme à l'école, ouvrait la bouche. On n'avait pas le droit...

-:-

Il arriva trop tard. Les voisins lui avaient long-temps caché l'ambulance, en face de sa maison, ainsi que l'uniforme d'un sergent de ville.

Il s'était mis à courir. Puis, machinalement, comme il entendait le claquement d'une portière qu'on refermait, il avait crié :

— Hep!... Hep!... Arrêtez!...

Les curieux s'étaient retournés, mais l'ambu-lance avait débrayé et tournait déjà le coin de la rue de la Gaîté.

Tout le monde le regardait. Il regardait tout le monde, questionnait :

— Qui est-ce?

Et soudain, devant lui, tout près, trop près, il voyait une face blême et terrible.

C'était Mme Gaudichon qui lui criait mécham-ment :

— Vous ne le savez pas?

Si. Il le savait. Il comprenait tout. Il les regar-dait encore et on s'écartait de lui, tant il était impressionnant. Il ne bougeait pas, ne pleurait pas. D'un seul coup, son visage et son corps étaient devenus d'une autre matière.

— Il est... Il est...

Il avala sa salive, parvint enfin à articuler d'une voix jamais entendue :

— Il est mort?

On ne lui répondit pas directement et ce n'est qu'après un long silence que Mme Gaudichon hurla en regardant le ciel :

— Je viens de le trouver pendu dans sa chambre C'est pour cela qu'il était si calme !

Des voisins emmenaient la femme qui se débattait et qui se retournait pour lui tendre le poing. On le laissait seul. Mme Boussac fermait hermétiquement, comme pour ne pas le voir, les rideaux de sa loge, et, sur son passage, à tous les étages les portes frémissaient.

La sienne était large ouverte et un courant d'air soulevait les rideaux. La table de la salle à manger était en travers. On avait dû la pousser pour laisser passer la civière.

Seule tache blanche sur le noyer ciré, il y avait une lettre à en-tête du Collège Stanislas. Elle lui était adressé. Elle n'avait pas été ouverte. Probablement était-elle arrivée par le courrier du soir, juste après son coup de téléphone.

Il la lut, debout dans la pénombre, sans avoir l'idée de tournner le commutateur électrique.

« *Monsieur,*

« *Je suis au regret de vous informer que la direction du collège, pour des raisons que je me réserve de vous donner de vive voix, si vous le désirez, m'envisage pas d'inscrire à nouveau votre fils, Jules Lecoin, parmi ses élèves pour la prochaine année scolaire.*

« *Veuillez agréer... »*

Le téléphone sonnait, sur le bahut. Il le laissa sonner longtemps, occupé qu'il était à déchirer la lettre en tout petits morceaux et à fixer par la fenêtre la grosse horloge de M. Pachon.

Cette fois-ci, l'horloge ne s'était même pas donné la peine de s'arrêter, comme pour Germaine.

Il finit par décrocher, par dire allô, et sa voix devait être si changée que Raoul questionna à l'autre bout du fil :

— C'est toi, Bob?

François raccrocha.

Les portes des chambres étaient ouvertes, toutes les fenêtres aussi, et la brise passait comme sur un quai de gare.

Piedbœuf serait tout à l'heure à la gare du Nord et s'inquiéterait, s'inquiéterait à tort.

Tout le monde allait s'inquiéter à tort.

Il descendait lentement l'escalier et passait devant la loge aux rideaux tirés, devant les voisins encore groupés sur les seuils et soudain silencieux.

Il était calme. Il n'avait jamais imaginé qu'un tel calme existât. Il tournait le dos à l'hôpital où, sans doute, par routine, on avait conduit son fils.

C'était lui, maintenant, lui, François, qui, tout en atteignant le boulevard Montparnasse, prononçait tout bas, en regardant un dernier morceau de ciel entre les toits :

« Papa ! »

Il lui était arrivé de croire, *avant,* qu'il était en bas de l'échelle, qu'il était le dernier des hommes !

Il avait presque envie de sourire avec indulgence à cet imbécile de François-là, qui n'avait rien compris et qui était allé chercher si loin, sans les trouver, des vérités toutes simples.

Comme il s'était démené! Toute sa vie, il s'était agité à vide, ainsi qu'il le faisait depuis qu'il avait quitté le Zoo, après son entrevue avec Piedbœuf, courant obstinément d'un mur à l'autre, en quête d'une issue inexistante.

Maintenant, il marchait lentement, s'engageait dans le boulevard Raspail et laissait tout derrière lui, en évitant de se retourner. Il ne se retourna même pas quand il entendit des pas précipités, un souffle court, une voix qui prononçait son nom.

— François!

C'était Raoul. Tout à l'heure, sans doute avait-il téléphoné d'un bistrot du quartier. Inquiet, il s'était précipité rue Delambre. Lui avait-on appris que François était parti sans un mot, le long du trottoir, comme un homme qui a perdu la raison?

— Où vas-tu? questionnait-il en le regardant avec inquiétude. Je viens d'apprendre la nouvelle.

Il s'épongeait le visage et on voyait trembler son gros corps.

— Ecoute, François. Il faut que nous causions.

— Non.

— Tu n'es pas responsable. Tu ne dois pas...

Raoul ignorait que la solution de la Seine était depuis longtemps périmée.

— Dis-moi au moins où tu vas?

— Quai des Orfèvres. Ils m'attendent.

— Je sais. Mais...

Et voilà que soudain Raoul, si dérouté, si anxieux un instant auparavant, paraissait lire la vérité dans les yeux de son frère. Etait-il possible qu'il comprît? N'était-ce qu'une dernière illusion?

C'était lui qui baissait la tête et qui faisait:

— Ah!

Puis, timidement:

— Tu veux que je te conduise?

— J'aime mieux y aller seul. Va à l'hôpital. Je leur demanderai de m'y mener tout à l'heure.

Etait-il capable de comprendre ça aussi! Est-ce que quelqu'un sur la terre était capable de pénétrer sa pensée?

— J'aime mieux qu'il me voie avec eux, qu'il sache bien que c'est fini.

Une grosse main moite et maladroite cherchait la sienne, la serrait très fort, se décollait enfin.

— Oui.

243

Raoul regardait autour de lui. Des voitures passaient.

— Tu ne prends pas un taxi?

François fit signe que non de la tête, et son frère ne vit plus plus que son dos qui s'éloignait dans la direction du quai des Orfèvres.

FIN

Le 4 juillet 1949.

TABLE DES MATIÈRES

PREMIÈRE PARTIE

LES DEUX JOURS
DE LA RUE DELAMBRE

Chapitre   I........................   9
—   II........................   27
—   III.......................   47
—   IV........................   67
—   V.........................   85
—   VI........................   105

DEUXIÈME PARTIE

LES DEUX JOURS
DES CHAMPS-ÉLYSÉES

Chapitre   I........................   127
—   II........................   147
—   III.......................   167
—   IV........................   187
—   V.........................   205
—   VI........................   225

OUVRAGES DE GEORGES SIMENON

AUX PRESSES DE LA CITÉ (suite)

« TRIO »

I. — La neige était sale — Le destin des Malou — Au bout du rouleau
II. — Trois chambres à Manhattan — Lettre à mon juge — Tante Jeanne
III. — Une vie comme neuve — Le temps d'Anaïs — La fuite de Monsieur Monde

IV. — Un nouveau dans la ville — Le passager clandestin — La fenêtre des Rouet
V. — Pedigree
VI. — Marie qui louche — Les fantômes du chapelier — Les quatre jours du pauvre homme

VII. — Les frères Rico — La jument perdue — Le fond de la bouteille
VIII. — L'enterrement de M. Bouvet — Le grand Bob — Antoine et Julie

AUX ÉDITIONS FAYARD

Monsieur Gallet, décédé
Le pendu de Saint-Pholien
Le charretier de la Providence
Le chien jaune
Pietr-le-Letton
La nuit du carrefour
Un crime en Hollande
Au rendez-vous des Terre-Neuvas
La tête d'un homme

La danseuse du gai moulin
Le relais d'Alsace
La guinguette à deux sous
L'ombre chinoise
Chez les Flamands
L'affaire Saint-Fiacre
Maigret
Le fou de Bergerac
Le port des brumes
Le passager du « Polarlys »
Liberty Bar

Les 13 coupables
Les 13 énigmes
Les 13 mystères
Les fiançailles de M. Hire
Le coup de lune
La maison du canal
L'écluse nº 1
Les gens d'en face
L'âne rouge
Le haut mal
L'homme de Londres

A LA N.R.F.

Les Pitard
L'homme qui regardait passer les trains
Le bourgmestre de Furnes
Le petit docteur
Maigret revient

La vérité sur Bébé Donge
Les dossiers de l'Agence O
Le bateau d'Émile
Signé Picpus

Les nouvelles enquêtes de Maigret
Les sept minutes
Le cercle des Mahé
Le bilan Malétras

ÉDITION COLLECTIVE SOUS COUVERTURE VERTE

I. — La veuve Couderc — Les demoiselles de Concarneau — Le coup de vague — Le fils Cardinaud
II. — L'Outlaw — Cour d'assises — Il pleut, bergère... — Bergelon
III. — Les clients d'Avrenos — Quartier nègre — 45° à l'ombre
IV. — Le voyageur de la Toussaint — L'assassin — Malempin
V. — Long cours — L'évadé

VI. — Chez Krull — Le suspect — Faubourg
VII. — L'aîné des Ferchaux — Les trois crimes de mes amis
VIII. — Le blanc à lunettes — La maison des sept jeunes filles — Oncle Charles s'est enfermé
IX. — Ceux de la soif — Le cheval blanc — Les inconnus dans la maison
X. — Les noces de Poitiers — Le rapport du gendarme G. 7

XI. — Chemin sans issue — Les rescapés du « Télémaque » — Touristes de bananes
XII. — Les sœurs Lacroix — La mauvaise étoile — Les suicidés
XIII. — Le locataire — Monsieur La Souris — La Marie du Port
XIV. — Le testament Donadieu — Le châle de Marie Dudon — Le clan des Ostendais

SÉRIE POURPRE

Le voyageur de la Toussaint   La maison du canal   La Marie du port

ACHEVÉ D'IMPRIMER LE
9 MAI 1977 SUR LES
PRESSES DE L'IMPRIMERIE
BUSSIÈRE, SAINT-AMAND (CHER)

— No d'édit. 55. — No d'imp. 422. —
Dépôt légal : 1er trimestre 1968.
Imprimé en France